U0945209

作家文摘

25周年珍藏本

大师风骨

《作家文摘》/编

作家出版社

目　录

印刻心底的记忆

难得有趣的灵魂

时代风骨的群像

印刻心底的记忆

吾祖严复

·华 严·

我们都知道，从事研究有关祖父严复学术思想的专家学者非常多，时至今日，人们对祖父的思想言行，当已有明朗化的公正、客观的看法。祖父生前曾经和子女谈过“宇宙心”，他说：人当有宇宙心，当人心遍及宇宙穹苍，便能无所不通晓、无所不包容，任何时代、社会，各有其声调、色彩、形式和尺寸；人的一切因时、地、观念而改变；这一刻的是，却是下一刻的非；浮光掠影的生命转瞬即逝，只有宇宙心与宇宙共存；那便是所谓真理，垂千秋万世而不朽。

“爷爷有宇宙心吗？”我问当时告诉我此话的四姑母项。

“他有信念，毕生寻求真理，他的心比一般人都晓达，都能包容。”

“爷爷能以宇宙心来迎接生前所遭遇的不如意的事吗？”

“你爷爷遇事总是条理分明、心境平静的，只是……”

“只是什么？”

"只是当时人的思想褊狭，加上人性的嫉妒和幸灾乐祸的心理，你爷爷因此真受了不少委屈……现在，这些已都是过去的，不必多提了吧。"

祖父有四男四女，分由王、江、朱三位夫人所生。老人家虽也认为儿子才是传宗接代的重要角色，但他十分钟爱女儿。他让女儿多多培养艺术方面的兴趣，说这样她们有朝一日过日子才不至于寂寞。他又说女孩子读书是为了来日好和丈夫谈话，这一点，我后来长大了才知道，原是老人家当时随便说说的一句家居笑谈。可不是，我国的第一所女子公学是经由祖父的倡导才兴办的。他认为女子教育如不普及，国民素质便无从提升。但当我听父亲如此告诉我们的时候，心里不服地想：是否因为祖父前后三任妻子都和他没什么高明的话题好交谈，所以才使他有感而发如此小看我们女人。

儿辈中我父亲智慧最高，和祖父一样属"早慧"的人。虽然父亲出生时祖父已44岁，但十四五岁的父亲已经能够和他的五十八九岁的父亲吟诗唱和、说古论今。

祖父毕生乐于助人，尤愿资助有意向学的人。直到现在，我还常听某某人提到他或她的先人受到祖父的提拔或照顾。祖父自己过日子则非常节俭，他没有积蓄，过世后遗留给子女的只是他的作品和商务印书馆的股票若干。据说当他在世时还被某戚友亦偷亦骗地取去若干；他不曾追寻，也并不介意。

老人家笃信佛理，但从来没有排斥其他的宗教。他把父亲的小名叫普贤，幼殇的二伯则有个名是文殊。四叔是基督门徒的约翰，五叔叫作佛烈。我的二姑母璆笃信天主，年轻轻地当了修女。但先时祖父给她的小名是华严。后来我用华严为笔名。

祖父晚年到福州，为的是办一件大事，那就是父亲的婚事。那是民国七年（1918），祖父66岁，带着当时22岁的父亲，迎娶台湾板桥林本源家的小姐我的母亲；大媒是福建陈宝琛先生，他是祖父的好朋友，又是母亲的娘舅。他喜欢好朋友的儿子我的父亲，也喜欢自己的甥女儿我的母亲，便做了月下老人。

父亲和母亲成婚后定居福州，祖父自己则去时去、来时来。去了上海又去了北京，都是生病住医院的时候多。民国九年（1920）冬天他又回到福州，陪伴他的少不了使他坐卧不安的气喘。

那时候对哮喘没什么好的治疗方法，医生给祖父配了一种用来熏吸的药。母亲说，用药的时候祖父坐在床上，母亲跪在他背后撑着使他不至于歪倒。父亲站在祖父面前，一手托着一个盘子，一把小簪子把盘中一团加上白色粉末的胶状物仔细地搅拌着，然后点燃了它，看那药末成了烟雾让祖父慢慢吸入。那一回，那烟药对祖父不曾奏效，在他身后做支柱的母亲，却被熏得头晕目眩地昏了过去。

哮喘病使祖父痛苦万分，病来时他指望就那样地死去，不再睁开眼睛。他屡次对父亲和母亲说，你们盼望我长命百岁，你们可知道这毛病如何折磨着我？他甚为子孙担心，遗传的体质将会使他们受到同样的病苦。果然，父亲65岁的时候因哮喘去世，我大哥侨去世时年仅55岁，也是同样的毛病。

祖父对母亲的孝心十分赞美，每次他想来福州，朱家奶奶便对他说：你身有重病，不宜离开北京到别的地方去。他回答：你放心，我在福州有贤惠的媳妇会好好儿地照顾我。

祖父吃饭时用的是特别为他准备的碗，母亲担心老人家迷信，吩咐厨子洗涤时要特别小心。有天厨子失手打破了，母亲急忙买了新碗补充。为怕厨子再失手，多准备了几个。祖父用着新碗时一言不发。这日又被厨子打破了，所以吃饭时祖父用的又是一只补充来的碗。老人家笑着问母亲：这是你给我买的第几号新碗？

祖父说他会看人手相，看了母亲的手，说那是严家最有福气的一双。父亲听了便在一旁吟唱：此手非凡手，原来是马蹄。

祖父关心父亲的一切，那年他69岁，自感是重病之身。父亲年方25，成了家，却未见立业。夏天里祖父又到了福州，为的看襁褓中他的长孙侨，也为了关心父亲的工作问题。去到北京些时日，秋间又回到福州，这回他带着二姑母一齐回来，自己写了遗嘱。一面吩咐父亲去看大伯父。说趁他人还在着，要大伯父为父亲安排一个职务。父亲去了没多久，祖父的病情更见沉重，医治无效，在郎官巷寓邸逝世。

最近大陆屡有消息传来，官方重印祖父的译作，出版他的全集，重修他的坟墓，并举行盛大的纪念会和扫墓活动，成立严复陈列室，大书“学习伟大的世界先贤严复先生的爱国主义思想”以为宣扬。亲友族人写了信，寄了照片，当时的隆重和热闹情况可以看到。祖父的坟墓果然已焕然一新，但墓碑上端的一个大缺口是无法修补的。那是多少年前一群“爱国青年”找到他的墓前向他算账的结果。他们打击祖父的理由是：他不曾以所知所学救中国。

祖父生时惯于不为自己辩护，死了更是默默无言。我翻阅着照片资料，看到两副对联，一副是祖父为阳岐尚书庙所书写的：

更何分苍鹘参军粉墨千场皆假面

莫但看乌纱牙笏衣冠一代几完人

另一副是郑孝胥写了赠给祖父的，老人家把此对联长年挂在书房中：

有王者兴必来取法

虽圣人起不易吾言

抄录在这里，以为此文的结束。

（《作家文摘》总第1632期）

我的祖父杨度

· 杨友麒 ·

少年才子狂士风

我们老家在湖南湘潭姜畲，祖父杨度的祖父杨礼堂是湘军名将曾国荃的部下，因军功升到哨长（正四品），奠定了杨家习武世家的基础。1858年杨礼堂在作战中阵亡，杨礼堂共有四个儿子，其中第二、第三个儿子早年去世，长子杨瑞生15岁随父参军，荫袭了杨礼堂的官职，后来随曾国荃作战有功超过其父，官至河南南阳总兵（正二品高级武官，相当于地方军区司令员）。他在湖南老家买地置房，成为湘潭姜畲当地有名的“大户人家”。

祖父杨度的父亲是老四杨懿生，他并非武夫，从小身体不大好，但天分高，好舞文弄墨，饮酒赋诗。杨懿生早年病逝，留下三个孩子：长子杨度（10岁）、女儿杨庄（5岁）、小儿子杨钧（4岁）。其时杨瑞生因连年在外征战，还没有子嗣，见杨度天资聪慧，就收他为自己的继子，并聘请多名有识之士到姜畲杨家私塾来当老师。杨度才思敏捷，过目不忘，所作诗词也受到当时很有名望的老学者的高度评价，“少年才子”之名很快在家乡传扬开来。

在1892年杨度17岁时，杨瑞生为他花钱捐了个监生名分，获得和秀才同等资格。这样一来，1894年我祖父就可以直接参加乡试了。他不负家族期望，一举以顺天府乡试第55名考中举人，成为当时名副其实的上层绅士。这年，我祖父19岁。而当时各级科举考试中，士子中榜时的平均年龄，举人约为30岁。祖父以提前十多年的岁数获得举人资格，可谓少年得志，春风得意。这也助长了我祖父从很年轻时就有了目空一切的狂士之风，他这种“本性”持续了几乎一辈子。我们的四爷爷杨敞（杨瑞生四子）曾形容他：“甲午年，兄中顺天乡试，复从王湘绮先生游治《春秋》，闻大义，有揽辔澄清之志，唯高视阔步，有狂士风。”

1900年八国联军攻克北京，慈禧太后开始悔悟，着手兴办新政。湖南一向领风气之先，巡抚大人遂与当地著名乡绅商议派遣优秀少年前往日本留学事宜。祖父再也坐不住了，1902年，他不顾老师王闿运和妹妹杨庄反对，毅然自费赴日本留学，入弘文书院师范班学习。在这里学习五个月后，傲气十足的他向日本有名的教育家、日本高等师范学院院长嘉纳治五郎发起挑战，三次公开辩论日中教育和政治改革的得失。这件事在日本留学生中引起轰动，大长了留学生的志气。

执着的“湖南犟驴”

梁启超在《诗话》中推荐杨度为“纯粹之湖南人”，在祖父身上，“湖南犟驴”的脾气也是最典型的。他虽然一生纵横中国政坛，但本质上是一个倔强的书生，而非一名政客，这是他在历史上的魅力所在，也是他的政敌和朋友一致公认的。

祖父自从留学日本获得研究世界各国信息的机会，就逐步明确了自己“君主立宪”的主张，他不赞同以孙中山为首的革命派意见（为此二人于1905年在日本发生过有名的“三天大辩论”），而与主张改良的梁启超过从甚密，成为在日本有名的“君主立宪派”。

数年中，祖父极力推行君主立宪的主张，直到帮助袁世凯称帝失败。

1916年3月21日，袁世凯在怀仁堂召集联席会议，决定撤销帝制。但祖父极为不满，他完全不认为自己有什么过失。他在给袁世凯的辞呈中写道：

> 世情翻覆，等于瀚海之波；此身分明，总似中天之月，以毕士麦（俾斯麦）之霸才，治墨西哥之乱国，即令有心救世，终于无力回天。流言恐惧，窃自比于周公；归志浩然，颇同情于孟子。

5月1日，《京津泰晤士报》记者采访这位已成为众矢之的的名人，祖父仍侃侃而谈：“……除君宪外，别无解纷止乱之方……”

袁世凯最后气急败坏，忧愤身亡，传闻他在弥留之际曾怪声高叫“杨度误我”。祖父闻言十分不服气，挥笔写就大字挽联，从灵棚的大梁直落地面，再次为自己的主张抗争：“共和误民国，民国误共和？百世之后，再评是狱；君宪负明公，明公负君宪，九泉之下，三复斯言。”最后，护国运动推翻了洪宪帝国，祖父遭通缉遁入天津租界，研究起佛学，自号“虎禅师”。

毁家纾难营救李大钊

祖父晚年的经历中有两个人对他有重要影响，一个是胡鄂公，一个是李大钊。

胡鄂公是我祖父共产主义思想的启蒙人，他觉得我祖父当时的佛学思想与共产党人的理想有相通之处，就给了他一些马克思主义方面的书刊，劝他看一看。

1927 年 3 月，胡鄂公得到北洋军政府可能要实施镇压的情报，他先将李大钊保护在宣武门内自己家中，后又转移到苏联公使馆，他觉得那里更保险。祖父在熊希龄长女的婚宴上，从曾任外交总长的汪大燮口中得知政府要派员进入苏联使馆搜查的消息后，立即托词离席，一边亲自去找胡鄂公向其报信，一边叫我的父亲杨公庶去章士钊家报信，因为他知道章李两家关系最密切。

照理，4 日离张作霖采取行动还有 48 小时的时间，李大钊要躲避是来得及的。但是，大部分躲在苏联使馆的同志都不相信这个消息是真的，因为八国联军入北京以来，还没有谁胆敢闯入使馆区。而李大钊也说：“你们可以走，我不能走。我是北方局负责人，我一走组织不就散了吗?”最后，只有四个同志逃脱。后来国民党北平市党部发往南方的秘密报告证实了此事。

李大钊被捕后，祖父与胡鄂公等商量组织营救事宜。胡一方面向党中央汇报情况，一方面筹集经费进行营救。

4 月 9 日，祖父与李大钊的朋友们组织讨论会，议决最好的办法是争取将此“李大钊党人案”移交地方法庭审理，这样就有了回旋余地。10日，我祖父等与司法总长罗文干同往安国军总司令部面见张作霖，说明应将此案移交地方法庭的理由，但未得到结果。

为了与胡鄂公筹集营救经费，祖父甚至将寓所“悦庐”变卖，毁家纾难。胡鄂公还打算组织铁路工人劫狱。后因李大钊不同意，未实施。

4月28日，李大钊等20名同案犯被军法会审后立即处以绞刑。祖父和胡鄂公为了周济这些党人家属，或帮助他们脱险离京，所蓄为之一空。

“匡民救国，继起自有后来人”

我大姑杨云慧回忆，祖父曾在自己的卧室写了六句话，裱糊好挂在墙上，表明心迹。这六句话是：“随缘入世，满目疮痍，除救世外无事，除慈悲外无心，愿作医生，遍医众疾。”

祖父晚年曾有个计划写《中国通史》，最终没有完成，只留有一个提纲手稿，被我的儿子杨念群发现，发表在1986年《求索》杂志第五期。在手稿中，祖父将人类社会分为三个时代：第一时代是禽兽道时代，中国伏羲以前，无生产、无分配、无器、无家，是争食时代；第二时代是半人道社会，中国伏羲至今，生产重于分配、私器、私家，是争食时代；第三时代是人道社会，未来分配重于生产、公器、公家，是均食时代。

在我大姑杨云慧藏的一款有涂黑的手书原件中，可以辨认出祖父工整的亲笔手书，他以孔子和弟子各言其志的方式，阐述了心目中“各尽所能、各取所需”的理想社会，从中可以清楚地看到祖父从佛家无我主义到人道社会，再到共产主义社会认识的转变。至于祖父在组织上具体何时加入中共，成为秘密党员，王冶秋、李一氓、李淑一和夏衍等人均在1978年讨论过，收录在人民日报出版社出版的《难忘的记忆》（1979）一书中。王冶秋的估计是在1926年至1927年，李一氓和李淑一认为大约在1928年，而夏衍则认为是在1929年秋。

1986年6月祖父新墓落成，为了举办落成仪式，唯一与作为秘密党员的祖父有过联系的在世老同志夏衍又赶写了一篇《续杨度同志二三事》（《人民日报》1986年7月7日），其中写道："关于杨度同志和中国共产党有联系的事，30年代初在上海小报上就透露过。我猜想，认识他的人也可能已经察觉到了……"

1931年夏，祖父自觉病体一天不如一天，给自己写了个挽联总结自己一生，应当说是恰如其分的："帝道真如，于今都成过去事；匡民救国，继起自有后来人。"

（《作家文摘》总第1980期）

父亲王国维投湖前后

·王东明·

投湖之前的日子

父亲为什么要到颐和园鱼藻轩跳昆明湖自杀呢？关于这件遗憾事，讨论的人很多，关于原因，也各有不同的见解，包括“罗振玉先生逼债说”“罗振玉先生带回女儿说”“殉清说”“时局逼迫说”等。东明回想起来，可能是各种因素促成的，导火线则是大哥潜明突然病逝，大哥的妻子罗孝纯却被其父罗振玉带回去自己照顾，父亲受到很大的刺激。

父亲个性刚直。他最爱大哥，大哥病逝，给父亲很深的打击，已是郁郁寡欢，而罗振玉又不声不响地偷偷把大嫂带回娘家，父亲怒道：“难道我连媳妇都养不起？”然后，他把大哥的抚恤金及其生病时大嫂变卖首饰的钱全部汇去罗家。他们寄还回来，父亲又寄去，如此往复两回。父亲气得不言语，只见他从书房抱出了一沓信件，撕了再点火焚烧。我走近去看，见信纸上款写着：观堂亲家有道。

此事后，不再见父亲的欢颜，不及一年他就投湖自尽了。

投湖当天

夏天的清华园，在往昔平静的学术氛围中，增添了忙碌和紧张。1927年6月1日（阴历五月初二），离端午节还有三天，谁也想不起过节，忙的是清华园学院毕业生的毕业。

中午，举行导师与毕业生的叙别会，席仅4桌，席间父亲那桌寂然无声，因他惯常寡言笑，大家也习惯了。下午，同学分别到各老师家话别。有几位学生到家拜见，父亲不在家，经电话询问，知他在陈寅恪先生家。父亲得知有学生来家，当即赶回会见学生，恳切论学。

晚饭时，学生方告辞，晚上戴家祥（历史学家、古文学家、经学家）等拜访父亲。他曾为文回忆当晚的情形："是晚，某与同学谢国桢，谒先生于西院十八号私第，问阴阳五行说之起源，并论日人某研究干支得失。言下涉及时局，先生神色黯然，似有避乱移居之思焉！"父亲还告诉他们："闻冯玉祥将入京，张作霖欲率兵总退却，保山海关以东地，北京日内有大变。"父亲送走两位学生后，回屋继续评阅学生试卷。

1927年6月2日（阴历五月初三）早上一切如常，父亲早起盥洗完毕，即至饭厅早餐。父亲餐后必至书房小坐，大概是整理些什么，如有东西需带至公事房，总是叫老用人冯友跟随送去。这一天，他是独自一人去的。到了研究院教授室之后，又与同事商议下学期招生事，并嘱办事员到家里将学生成绩稿本取来。一切料理妥当之后，他向研究院办公处秘书侯厚培借两元钱。侯厚培身边无零钱，就借给他一张五元的纸币。当时教授习惯身边并不带钱，侯也不以为意。两人谈话甚久，父亲走出办公室，就去清华南院校门外两旁守候的人力车中，雇车赴颐和园。进园前，命车夫等候，并付洋五毫。

父亲十点多钟走入颐和园，漫步过长廊，在石舫前兀坐沉思，不多久即步入鱼藻轩，吸纸烟。大约十一时左右，从鱼藻轩石阶上跃身入水。有清洁工闻声即来救助，捞起后，已气绝。时投水最多两分钟，看来父亲死志已决，用头埋入淤泥中，窒息而死，因为那里水浅，死前背上衣服还未湿。

到了下午七时许，清华学校全校之人均已知晓此事。晚上九时，教职员、研究院学生20余人，乘两辆汽车至颐和园。园门已关，守兵不许进入，经再三交涉，始准校长曹元祥、教务长梅贻琦及守卫处乌处长入视。

6月3日晨，母亲带着我们及教职员、学生等入园探视。时父亲遗体仍置于鱼藻轩亭中地上，覆以一破污之芦席，家人及学生莫不痛哭失声。

下午四时检察官始至验尸。验尸毕，即由校中员生及家族护尸至颐和园西北角园门处之三间空屋中，于此正式入殓。棺木运来甚迟，直到九时，才正式运柩至清华园南边之刚秉庙停放。校中员生来者均执灯步行送殡。麻衣执拂，入寺设祭。众人行礼毕，始散，已6月3日晚上十一时矣。是日送殡者有清华教授梅贻琦、吴宓、陈寅恪、梁漱溟、陈达；北京大学马衡教授、燕京大学容庚教授等。

父亲死后，法医在父亲口袋中找到遗书一封，纸已湿透，然字迹清晰，封面写着“送西院十八号王贞明先生收”。因为当时大哥已逝，二哥又在外地工作，所以写了三哥的名字。遗书内中云：

王国维遗书

五十之年，只欠一死，经此世变，义无再辱。我死后当草草棺殓，即行藁葬于清华墓地。汝等不能南归，亦可暂于城内居住。汝兄亦不必奔丧，因道路不通，渠又不曾出门故也。书籍可托陈、吴二先生处理。家人自有料理，必不至不能南归。我虽无财产分文遗汝等，然苟能谨慎勤俭，亦必不至饿死也。五月初二日。父字。

父亲的后事

这份遗书是父亲自沉的前一晚写的。据母亲说，他当晚熟睡如常，并无异样，可见他十分镇静，死志早决。

依了父亲的意思，我们不曾请风水师择坟，也没挑选“吉日”，就在清华外面七间房买一块地把父亲葬了。坟是清华的泥水匠做的，立了一个碑，上书宣统皇帝封的谥号“王忠慤公”。“王忠慤公”是有一段来历的。父亲去世之后，罗振玉先生送了一份密封的所谓父亲的“遗折”给皇帝，充满孤臣孽子情调的临终忠谏文字。宣统皇帝读了大受感动，和师傅们商量后，发一道“上谕”为父亲加谥“忠慤”，派贝子溥忻前往奠醊，赏陀罗经被并大洋两千元。“遗折”是罗先生命他的第四子仿父亲的字迹写成的。罗振玉先生为什么这样做？想是要利用父亲“忠于清室”来标榜自己吧！

父亲去世对母亲的打击

父亲突然去世，为家中笼罩了一层愁云惨雾，每个人都食不下咽。母亲那时每天都到成府刚秉庙，为父亲棺木油漆督工。共7层之多，然后再加漆四五次，到后来，其亮如镜，光可鉴人。接着购地，挖掘坟穴，也是她在忙着。老用人钱妈悄悄地对我说，让她去忙，这样可稍减悲痛的心情。

有一天下午，母亲又到坟地看工人修筑墓穴去了，我因要找东西，请钱妈帮我抬箱子。抬下第一只，看见箱面上有一封信，是母亲的笔迹，上面写着我的名字。当时我立刻联想到从父亲衣袋中取出来的遗书，马上感到一阵心跳手抖，知道不是好兆。好不容易把书信打开来一看，是母亲的遗书！

信中大致是叫我们把父亲和她安葬以后，即筹划南归，回到家乡去依靠舅父及姨母生活。父亲的抚恤金，清华原定每月照付薪金到一年为期，由三哥按月领了汇给二哥管理，合并其他的钱，勉强够我们的生活教养费。

这突如其来的事情，对一个不足14岁的孩子来说，简直不知所措。幸亏钱妈比我冷静沉着，叫我不要声张，即使是家人面前也不要提。她问我与母亲较好的有哪几位太太。我说和西院1号陈伯母（陈达教授的太太）、4号郑伯母（郑桐荪教授的太太）和南院赵伯母（赵元任教授的太太）三人比较接近。

我和钱妈商量一下，觉得陈伯母太老实，不善言辞，恐怕说不动母亲，无法让她改变心意。赵伯母心直口快，将来说漏了嘴，全园皆知，是很尴尬的事。只有郑伯母说话有条理，行事很谨慎，且与母亲最谈得来，因此马上去与郑伯母商量。郑伯母叫我不要惊慌，说她一定尽力说服母亲，要让母亲看在儿女的分上，多管我们几年。然后在家中，由我哀求，钱妈劝解，三人合作总算打消了她的死志。母亲说了一句："好吧！我再管你们十年。"我才如释重负放下了大半个心。

（《作家文摘》总第 1621 期）

我所知道的林风眠师

·小　鸟·

我曾经是林风眠的学生，我发现，市面上出的不少林风眠的传记，大多是抄袭而来的，连林风眠是个什么样的人也不清楚。林风眠1989年在香港画的一幅《小鸟》，使人很容易记起他在1963年画的另一幅小鸟（标题为《立》）。这两幅画大同小异，不同的地方就在眼睛。原本1963年的小鸟是与“知识分子的春天”有关的。

林风眠在1963年画了一只小鸟。在“反右”时，他已有被斗的经验，躲过右派分子的帽子，成了个“中右分子”。所以这只小鸟画得比较含蓄：全身涂黑，突出一个大大的眼白，在眼白中好像非常草率地抹了一笔不方不圆的黑眼珠，于是小鸟就表现出一种惶恐不安的神情。关于花鸟画，林先生曾说：“画鸟就在于画鸟像人，画花像少女，其实画鸟只像鸟，那又何必画呢？拍照好了。”所以鸟的不安，正是人的不安，是当时对春风变成乌云的不安。

可怕的是不安终于变成更大的灾难，“文革”一来，林先生被套上一顶不知从何而来的特务帽子，抓进监狱，一关4年多，逼供不讲，就那反铐也叫他终生难忘——双手铐在背后，吃饭时，只好像狗一样，用嘴去凑食盆。不容你想有半点人的尊严。

一辈子不拉私人关系的他，这时也很后悔：没有在周恩来去世前，请他帮忙，让自己出国探亲去。（他与周是留法勤工俭学时的同学，有深厚的友谊，周恩来到上海时常会问问他的近况，有时还和他个别交谈，但林先生从不提个人要求。在周恩来去世时，林先生特地画了一张周最喜爱的马蹄莲，写上“敬献给周公风眠”。挂了几天，最后火化送上了天。）后来幸好得到老乡叶剑英的关怀，才去了香港。

母亲

林先生的母亲姓阙，是个永远年轻，永远美丽的妈妈。

林先生在79岁写的“自述”中说她：“中等身材，坚实耐劳的性格，她有美好的面孔和双眼皮……”特别是她又长又黑的头发，他记得，自己5岁时“在她怀里发小孩脾气，抓弄她的长发，纠缠得她没有办法继续梳洗头发……”

1900年，林先生出生于广东梅县的一个穷困山区，家境贫寒。由于缺乏营养，先天不足，发育不全，出生时又小又丑，险遭抛弃，是他年轻的妈妈死命夺回了他。

母亲来自山区，又是苗、瑶族的后代，生性天真朴实，却受到长辈的歧视与欺侮。后来她与外来的青年私奔了，又很快被捉了回来，按当地风俗，要被浇上煤油，活活烧死。当时只有6岁的林先生奋不顾身，拼死来救母亲，被众人抱开。最后母亲被卖他乡，不知所终。移居香港后，他请亲属在修缮祖坟时，由他的侄女在他父亲的墓碑上刻下了母亲的名字：阙亚带。

“白痴”

在抗日战争期间，有位国民党官员刘建群（后来曾任台湾地区立法机构负责人）久慕林先生大名，曾到重庆乡下拜访，看到他竟借住在一间简陋的仓库中，不禁感慨道：“住在这种地方，不是白痴，就是得道之人了。”林先生事后对人讲：“我既不是白痴，也不是得道之人。我只是一个人，一个普普通通的人。正是那间破旧陋室，那张白木桌子，那些厨刀、枯枝、油瓶、洗衣板，让我真正变成人的。在北京和杭州当了十几年校长，住洋房，乘私人轿车，身上一点人气几乎耗光了。你必须真正生活着，能体验今天中国几万万人的生活，身上才有真正人味。首先是‘人’，彻底‘人’化了，作品才有真正的生命活力。”

林先生在26岁时受蔡元培邀请，由巴黎回国任北京国立艺专校长，29岁任杭州国立艺专校长。抗日战争后，北京、杭州两校合并，却很难合作，引起纠纷，林先生怕在倾轧中伤及青年学生，就辞职回了上海。谁知当时的汉奸政权派了褚民谊来拉拢他，吓得他连忙离别妻女，只身经海防、昆明，到了重庆，在政治部第三厅挂了个小职员的名额，靠低薪过日子。反思过去，他不愿再为名利所惑。在战争年代，画家们走着不同的道路，如徐悲鸿就以抗日爱国为主题，开画展、搞募捐，出入于文化界、侨界及政界，影响日甚，也自立了门派。这样看来，离群索居的林先生，就难免要被人看作白痴了。

我是抗日战争时考入国立艺专的，后来我进了林风眠教室，才看到他是一位毫无师道尊严的，经常笑嘻嘻的老师，与学生一起聊天，一起开玩笑，高兴时做个鬼脸，伸伸舌头，到老还是这样，一直像个天真的小孩，并以此为乐。

他非常喜欢与青年学生在一起，而且非常爱护学生，很像一位慈祥的妈妈。你画不下去时，他会说："画不出就不要画，出去玩玩。"他甚至会劝你说："画不出就乱画嘛！"他要你放松，不要紧张，不要勉强，他也从不指示你应该怎么画，只是指着一幅画问你："你看味道怎么样？"对你的画，他爱说："我很喜欢这一部分。"他这是鼓励你、启发你自己去思考。

胆子

画家罗工柳说："他为人胆子小，非常老实、仁慈。他带我们逃难时，一路上很苦，很困难，有时林先生都急哭了，那是对别人的爱呀，真像是一位老祖母；但他对艺术却是胆最大的，非常泼辣。"李可染在饮誉画坛后，曾经带着画请林老师赐教，一个一再婉辞，一个真诚请教，林不得已，只说了一句："你胆子还不够大。"

林先生从小瘦小体弱，天生胆小。一般人都看不出来，由于先天不足，他有点"鸡胸"，脚也比常人小，没人的时候他爱穿女式布鞋。他深居简出，住在上海南昌路时，一般人来他是不开门的。但对学生和老朋友，他是来者不拒的，进了门就海阔天空，童言无忌，受到林先生的感染，大家都天真起来，返璞归真了。20世纪50年代，我有位搞音乐的好友李梦熊，一定要我帮他求见林先生，一见面很谈得来，林先生就请我们上楼，看他新近的作品，其中有幅孙悟空，那金黄的颜色好像从画中跳了出来，李梦熊脱口而出道："我好像听到锣鼓声……不过有点不协调。"林先生就说："现在不就是这样么?"林先生是不问政治的，只是在生活中有所感，就在画中表现出来了。当然，这样的画只供几个知音玩赏一下，拿出门去是要找麻烦的。这一类画，到林先生去世，我再也没有看到过，大约早被胆小的林先生毁掉了吧。

但在学生有困难时，他就像老祖母似的，不能再胆小了。居港后，他的义女冯叶看到一篇回忆文章，讲当年李可染受反动当局迫害，林校长就送给他60大洋，帮他逃出困境。冯叶向林先生核实，他笑眯眯地说："好像有这回事。我都忘了。"帮助学生逃离迫害的事的确不少，有的学生已被关进狱中，林先生不避艰险，面见警备司令，担保释放。他在"文革"中的那4年牢狱之灾，也是为援救学生引起的：一位姓邓的学生，是地下党员，在林先生掩护下从日本监狱中逃了出来，"文革"中他又被怀疑为日本特务，由于受过林校长的掩护，于是把他也牵连进去了。

（《作家文摘》总第1273期）

梁实秋笔下的梁启超

·邵 纯·

从1915年到1923年，梁实秋在清华学校读书8年，梁启超的长子梁思成和他是同班同学。同学们邀请梁启超做学术演讲，本来就不摆架子的梁启超欣然应允。

50岁的梁启超出场了,梁实秋在回忆录《清华八年》中写道——

> 他身体不高，头秃，双目炯炯有光，走起路来昂首阔步，一口广东官话，声如洪钟。他感情丰富，记忆力强，用手一敲秃头便能背诵出一大段诗词。有时手之舞之足之蹈之，有时口沫四溅涕泗滂沱，频频地从口袋里掏出一块大毛巾来揩眼睛。这篇演讲分数次讲完，有异常的成功。我个人对中国文学的兴趣就是被这一篇演讲所鼓动起来的……

上面那段文字，已把梁启超的做派、音容、风采记述得活灵活现，呼之欲出了，但梁实秋意犹未尽，他又专门写了一篇《记梁任公先生的一次演讲》，使读者如见其人，如闻其声，得瞻其独特的风采。梁实秋写道——

我记得清清楚楚，一个风和日丽的下午，高等科楼上大教堂里坐满了听众，随后走进了一位短小精悍秃头顶宽下巴的人物，穿着肥大的长袍，步履稳健，风神潇洒，左顾右盼，光芒四射，这就是梁任公先生。

他走上讲台，打开他的讲稿，眼光向下面一扫，然后是他的极简短的开场白，一共只有两句：头一句是“启超没有什么学问”；眼睛向上一翻轻轻点一下头：“可是也有一点喽。”

先生的演讲，到紧张处，便成为表演，他真是手之舞足之蹈。有时掩面，有时顿足，有时狂笑，有时叹息。先生尝自谓“笔锋常带情感”，其实先生在言谈讲演中所带的情感不知要更强烈多少倍！

在暮年岁月中，梁实秋还时时忆起当年的情景，于是又写了一篇散文，题目就叫《讲演》。他写道——

他的讲演是有底稿的，用毛笔写在宣纸稿纸上，整整齐齐一大叠，后来发表在《饮冰室合集》中。不过他讲时不大看底稿，有时略翻一下，更时常顺口添加资料。他长篇大段凭记忆引诵诗词，有时候记不起来，愣在台上良久良久，然后用手指敲头三两击，猛然记起，便笑容可掬地朗诵下去……听者愀然危坐，那景况感人极了。他讲得认真吃力，渴了就喝一口开水，掏出大块毛巾揩脸上的汗，不时地呼唤他坐在前排的儿子：“思成，黑板擦擦！”梁思成便跳上台去，把黑板擦干净。第次钟响，他讲不完，总要拖几分钟，然后他于掌声雷动中大摇大摆地徐徐步出教室。听众守在座位上，没有一个敢先离席。

（《作家文摘》总第1653期）

傅斯年的名言

·刘梦溪·

傅斯年是著名历史学家、古典文学研究专家，他经常被引用的名言是："上穷碧落下黄泉，动手动脚找东西。"他说："凡一种学问能扩张他研究的材料便进步，不能的便退步。"他说："我们反对疏通，我们只是要把材料整理好，则事实自然显明了。一分材料出一分货，十分材料出十分货，没有材料便不出货。"他说："史学便是史料学。"他说了这么多容易断章取义、容易被误解的话，但真正的学术大家、史学重镇，都知道他的苦心孤诣，很少发生误解。不仅不误解，反而承认他的权威地位，感激他对现代史学建设所做的贡献。

傅斯年一生的壮举，办《新潮》、"五四"扛大旗、创建史语所，固也。但他还有炮轰宋子文、攻倒孔祥熙两项壮举。1938年抗战开始后，傅斯年对国民党高层的腐败非常愤慨，他直接上书给蒋，历数当时任行政院长职务的孔祥熙的诸种贪赃劣迹。蒋不理睬，他便再次上书，态度更坚决。国民参政会也成了他抨击孔的舞台，使得社会同愤，舆论哗然。蒋不得已设宴请傅，问傅对他是否信任，回答信任。蒋说："你既然信任我，那么就应该信任我所任用的人。"傅说："委员长我是信任的，至于说因为信任你也就应该信任你所任用的人，那么，砍掉我的脑袋我也不能这样说。"这成了傅斯年"史学便是史料学"之外的又一名言。孔祥熙后来终于被罢去了一切职务。

蒋对傅的能力胆识是欣赏的。但傅斯年本质上是一介书生。抗战胜利后蒋邀请他出任国府委员，他坚辞不就。北大校长一职，他也不愿担任，为等胡适返国，只同意暂代。对胡适面临国府委员兼考试院长的要职犹豫不决，他大动肝火，写信给胡适说："借重先生，全为大粪上插一朵花。"劝胡一定不要动摇。

另一方面，毛泽东对傅斯年也很欣赏。1945年7月，傅斯年等文化界参政员到延安考察，毛泽东如对故人，整整和傅斯年畅谈一个晚上。临别，毛应傅之所请写一条幅相赠，附书："遵嘱写了数字，不像样子，聊作纪念。今日间陈胜吴广之说，未免过谦，故述唐人语以广之。"条幅写的是章碣的一首咏史诗："竹帛烟销帝业虚，关河空锁祖龙居。坑灰未烬山东乱，刘项原来不读书。"两人谈话时，毛称赞傅在"五四"时期的功绩，傅说我们不过是陈胜、吴广，你们才是刘邦、项羽。刘、项显指国共两党的领导人。毛所书诗句"古典""今典"均极对景，回答了傅的谦逊，也称赞了傅的以学问自立。

傅斯年1950年12月20日因突发脑溢血死于演讲台上，终年54岁。他以耿直狷介著称，他以脾气暴躁著称，他以疾恶如仇著称，他以雄才独断著称。史语所的人私下里称他为"傅老虎"，但都服他、尊敬他。他对学问充满了眷爱，对有真才实学的学者充满了温情。他与陈寅恪的特殊关系就是一显例。对曾经帮助过影响过自己的人，他不忘旧。1932年陈独秀被捕，他为之辩诬，说陈是“中国革命史上光焰万丈的大彗星”。1927年李大钊就义，报纸上发表消息有谓李在北平“就刑”。傅斯年反驳说，不是“就刑”，是“被害”。

（《作家文摘》总第1740期）

至情至性傅斯年

傅斯年爱憎分明，疾恶如仇。日本侵占东北后，太太生了个儿子，他取名“仁轨”。因为中国第一个在朝鲜对日本打歼灭战的是唐朝的刘仁轨。1945年8月15日，日本宣布无条件投降。第二天消息传到重庆，那天晚上他欣喜若狂，从家里拎了一瓶酒，到街上大喝，还拿了一根手杖，挑了一顶帽子，到街上乱舞。他见人就拥抱，就亲吻，又蹦又跳。见到熟人，就上去砸一拳。他又一路大叫着跑到参政会，实在叫不动了，才回去睡觉，一直睡到第二天下午还不知醒来。

他在担任国民参政员时，曾经两次上书弹劾行政院长孔祥熙，上层虽不予理睬，但后来还是让他抓住了孔祥熙贪污的劣迹，在国民参政大会上炮轰孔祥熙。蒋介石为保护孔祥熙，亲自出面宴请傅斯年。蒋问他：“你信任我吗?”傅斯年答：“我绝对信任。”“你既然信任我，那么就应该信任我所任用的人。”傅斯年说：“委员长我是信任的，至于说因为信任你也就该信任你所任用的人，那么，砍掉我的脑袋我也不能这样说。”

1945年6月，宋子文继任行政院长。1947年2月15日，傅斯年在《世纪评论》上发表《这个样子的宋子文非走不可》一文，对宋子文的胡作非为进行了猛烈抨击。

傅斯年在给胡适的信上说："我一读书人，既不能上阵，则读圣贤书所学何事？我于此事，行之至今，自分无惭于前贤典型。士人之节，在中国以此维持纲常也。"

傅斯年固守民族大义，极重文人气节。抗战胜利后，傅斯年当了北大代校长，凡是敌伪时期在北大当教授的，一个也不聘。理由是当年抗战爆发后，学校要求能走的教授都走，发给路费，你不走可以，但在敌伪办的北京大学当教授，就是伪教授。冰炭不相容，忠奸不两立。他给夫人俞大彩写信说："大批伪教职员进来，这是暑假后北大开办的大障碍，但我决心扫荡之，决不为北大留此劣根。"把困难解除，把"天下"扫平，为胡适回校铺好道路。任职伪北大的周作人要求回校任教，傅斯年严词拒绝。有些在伪北大任过职的职员要求回校，甚至以死相威胁，他都不为所动。

傅斯年为人豪爽，心直口快，又风趣幽默。罗家伦说他像蟋蟀一样，被人一引就鼓起翅膀来。一次在参政会上，为中医问题，傅斯年反对孔庚的议案，两个人激烈辩论，孔庚当然辩不过傅斯年，便用粗话辱骂傅斯年。傅斯年对孔庚说："你侮辱我，会散之后我要和你决斗。"等到会散之后，傅斯年真的拦在门口要和孔庚决斗，可是他一见孔庚七十几的年纪，身体又非常瘦弱，便立刻将双手垂了下来说："你这样老，这样瘦，不和你决斗了，让你骂了吧。"罗家伦笑话他说："你这么一个胖子，怎么能跟人打架。"他说："我以体积乘速度，产生一种伟大的动量，可以压倒一切。"

傅斯年充满爱心，乐善好施。1950年12月19日，是一个寒冷的冬夜，傅斯年还在赶稿。妻子俞大彩催他早点休息。他搁下笔说：“我正在为董作宾先生办的《大陆杂志》赶文章呢，想等钱到手后，请你尽快去买几尺粗布、一捆棉花，为我缝一条棉裤。”想到丈夫的腿一向怕冷，西装裤又太薄不足以御寒，俞大彩这才不再劝丈夫休息。

令人意想不到的是，第二天，傅斯年穿着单薄的西服，列席台湾“参议会”第五次会议，答复关于台湾大学的有关问题。他在台上高声说的最后一句话是：“我对有才能有智力的穷学生，绝对要扶植他们。”讲完后走下台来，突然倒在地上，猝然而逝。他逝世后当他的弟子和好友前来悼念时，俞大彩含泪向他们说了这件事：“那晚他熬夜，若不是他说要换稿费买棉裤，我也不会任他辛劳。”

一旁的董作宾掏出一个装钱的信封，塞到俞大彩手中说：“这就是那笔稿费，先生嘱托我交给你的。先生跟我讲了，自从你嫁了他，没过上舒心的日子，这篇文章的稿费，是要留给你贴补家用的。做棉裤之说，只是先生的托词。”

这时，一个学生站起来，也拿出一沓钱说：“不，这才是先生最后的稿费。”原来，这是个贫困生，交不起学费，傅斯年就资助了他一笔钱，学生不肯收，傅斯年说：“这是我刚收到的稿费，还不知道怎么花呢。”

这件事，傅斯年撒了两个善意的谎，前一个谎，安慰了妻子；后一个谎，让学生心安，充分显示了心灵之美好，人品之高贵。到了生命的最后，他惦念的仍是亲人和学生。他虽然晚年生活清贫，但君子固穷，也不乏仁慈，他对周围人的爱依然是那么丰盈。

胡适说他是“人间一个最稀有的天才。他的记忆力最强，理解力也最强。他能做最细密的绣花针活，他又有最大胆的大刀阔斧本领。他是最能做学问的学人，同时他又是最能办事、最有组织才干的天生领袖人物。他的情感是最有热力，往往带有爆炸性的；同时，他又是最温柔、最富于理智、最有条理的一个可爱可亲的人。这都是人世最难得合并在一个人身上的才性，而我们的孟真确能一身兼有这些最难兼有的品性与才能”。

这是对至情至性傅斯年的最好诠释。

（《作家文摘》总第 1749 期）

蒋梦麟追忆中山先生

· 蒋梦麟 ·

1908年我到旧金山卜技利加州大学读书。那时先生时时路过旧金山。直到1909年（宣统元年）某日，我才有机会与先生见面。见面地点是旧金山唐人区一个小旅馆里，那一天晚上由一位朋友介绍去见先生。这位朋友就是湖北刘麻子，他的朋友都叫他麻哥的刘成禺（禺生）先生。我和他是加州大学同学，又同是旧金山《大同日报》的主编。《大同日报》是中山先生的机关报，因这关系，所以与先生很容易见面。麻哥为人很有趣味，喜欢讲笑话。中山先生亦戏称其为麻哥而不名。中山先生虽不大说笑话，但极爱听笑话，每听笑话，常表示欣赏的情绪。

第一次谒见先生，所谈多为中国情形，美国时事，若干有关学术方面的事情，详细已不能记忆。其余则为麻哥的笑话，故空气极轻松愉快。中山先生第一次给我的印象是意志坚强，识见远大，思想周密，记忆力好。对人则温厚和蔼，虽是第一次见面，却使人觉得好像老朋友一样。所以我与中山先生第一次见面是很不正式的，很随便的。

此后，先生在旧金山时，因报纸关系，时时见面。武昌起义时，我尚在报馆撰文，刘亦在。而先生来，谓国内有消息，武昌起义了。闻讯大家都很高兴，约同去吃饭，一问大家都没钱，经理唐琼昌先生谓他有。遂同去报馆隔壁江南楼吃饭。谈得很多，亦极随便。

大家偶然讲起"烧饼歌"事，中山先生谓刘基所撰一说是靠不住的，实洪秀全时人所造，又连带讲到刘伯温的故事。

一次，明太祖对刘基说："本来是沿途打劫，哪知道弄假成真。"刘谓此话讲不得，让我看看有没有人窃听。外面一看，只一小太监。问之，但以手指耳，复指其口，原来是个耳聋口哑的人。于是这小太监得免于死。大家听了大笑。

我讲这些话，不过要青年知道许多伟大人物不是不可亲近的，亦与我们一样极富人情味。所谓"圣人不失赤子之心"，就是此意。

过了几天，先生动身经欧返国。临行时把一本 *Robert's Parliamentary Law* 交给我，要我与麻哥把它译出来，并说中国人开会发言，无秩序，无方法。这本书将来会有用的。我和刘没有能译，后来还是先生自己译出来的。这就是《民权初步》。

原书我带到北平，到对日抗战时遗失了。先生时时不忘学术，经常手不释卷，所以他知识广博。自 1909 迄 1911 年期间与先生见面时，所讨论的多属学问方面的问题。

民六至民八期间在沪与先生复经常见面。几乎每晚往马利南路孙公馆看先生及夫人。此时，先生正着手起草英文《实业计划》，并要大家帮他写。我邀同余日章先生帮先生撰写。每草一章，即由夫人用打字机打出。我与胡展堂、朱执信、廖仲恺、陈少白、戴季陶、张溥泉、居觉生、林子超、邹海滨诸先生，即于此时认识。

有一时期，季陶先生想到美国去读书，托我向先生请求。先生说："老了，还读什么书。"我据实报告戴先生。戴先生就自己去向先生请求。先生说："好，好，你去。"一面抽开屉斗，拿出一块银洋给季陶先生说："这你拿去作学费罢。"季陶先生说："先生给我开玩笑吧？"先生说："不，你到虹口去看一次电影好了。"

民八，五四运动发生。北大校长蔡孑民先生离平南来，北大学生要他回去。他要我去代行校务。我于到平后不久，即收到先生一信。其中有句话，到现在还记得。那就是"率领三千子弟，助我革命"。以后，我常住北平，惟有事南下，必晋谒先生。

北平导淮委员会绘有导淮详细地图。我知先生喜研工程，因设法一张带沪送与先生。先生一见即就地板上摊开，席图而坐。逐步逐段，仔细研究。该图以后即张挂于先生书房墙上。

杜威先生来华，我曾介绍去见先生，讨论知难行易问题。西方学者都知道这个道理，所以他们谈得很投机。杜威先生是个大哲学家，但亦是极富人情味的，有时讲一两句笑话，先生则有时讲一两句幽默风趣话。他俩的会见，给我的印象是极有趣味的。

民十三，先生为求南北统一北上。余至天津张园谒见，告以段执政对善后会议无诚意。先生说："那末我们要继续革命。"先生到平以后，一直卧病。十四年三月十二日在北平铁狮子胡同顾少川先生宅逝世。我闻讯赶到，先生已不能言语了。

先生在北平协和医院卧病时，有中医陆仲安，曾以黄芰医好胡适之先生病。有人推荐陆为先生医。先生说他是学西医的，他知道中医靠着经验也能把病医好。西医根据科学，有时也会医不好。但西医之于科学，如船之有罗盘。中医根据经验，如船之不用罗盘。用罗盘的有时会到不了岸，不用罗盘的有时也会到岸，但他还是相信罗盘。

以上所叙，是我个人所知道的关于先生的几件日常琐事。自旧金山小客栈开始，一直到先生在平逝世为止。所记都是小事，但从这许多小事里，或者可以反映当年一部分大事。

（《作家文摘》总第 1884 期）

罗锦堂忆钱穆与胡适之交

·陈艳群·

“钱先生个子不高，走路时，常常迈八字步。最令人印象深刻的，是他那双眼睛，虽深度近视，却炯炯有神，透视着世事洞明的智慧。”曾任香港新亚书院教授的著名学者罗锦堂先生谈起对钱穆的印象时如是说。同时，他向我讲述了钱穆与胡适的一段交际。

1960年底，从台大毕业、供职于台湾历史博物馆的锦堂先生应钱穆之邀，辗转日本，顺利抵港，进入新亚学院，接替钱先生教授中国文学史课程。

翌年初，他趁寒假之便，打算返台参加博士学位的口试。当时的台湾当局教育事务主管部门负责人是清华大学前校长梅贻琦。钱先生从报纸上看到，其特聘请“中央研究院”院长胡适先生担任这次文学博士学位口试主考官的消息后，约见了锦堂先生。

钱先生提及，此次锦堂先生返台，必定会见到胡适先生，并请他带个口信给胡先生。因近来港台两地不断有人谣传，说钱穆先生办新亚书院，是与胡适主持的“中央研究院”唱对台戏。钱先生坦诚地对锦堂先生说："我们一个小小的新亚书院，如何能与台湾最高学术机关争高下！由于多年来，我和胡先生因为学术上的观点不同，难免有些争辩，但我个人对胡先生并没有什么不满，你务必要把这些话转告给胡先生。"

钱、胡两位学术领袖之间的公案，得追溯到抗战前。钱穆与胡适曾在北京大学共事，起初，两人之间的关系尚可，互相尊敬。有次学生向胡适请教先秦诸子方面的问题，胡先生对那个学生说你可以去问钱先生，不用来问我了。随着学术观点分歧的不断扩大，加之对各自研究方面理解的不妥协，使得二人有些水火不相容，自然也影响到私交。

按照锦堂先生的话说，两人之间就是一个"儒"字之争：对待中国传统文化的态度上，一个抱有"温情与敬意"，另一个则倡导"新文化运动"和"白话文运动"。双方各有自己的看法，而由此所引起的笔战，自然在所难免，况且还有许多媒体在一旁擂鼓助威。

与胡适先生第一次正式见面即在考场上，锦堂先生的博士论文题目是《现存元人杂剧本事考》。面对七双慧眸，他从容不迫地回答每一位考官的提问，紧张的两个小时过去了，没想到胡适先生要求延长口试一小时。好事多磨，锦堂先生最终闯过三关，终获文学博士学位。

翌日，锦堂先生动身返回香港。他没忘记钱先生的托付，临行前，匆匆跑到"中央研究院"向胡适辞行。胡适毫不隐讳地对锦堂先生说："昨天我是不是给你太多麻烦？你的论文题目实在太大，尤其是元人杂剧的分类那一章，无论是谁也分不好！为了主持你的口试，我临时抱佛脚，还特别从中研院的图书馆借了这么一大堆书，每天要准备到深夜3点钟才能休息。"接着又问："听说你在香港新亚书院教书，你在钱先生那里待得怎么样？”锦堂先生赶紧顺水推舟，把钱先生的原话一字不漏地转达。胡先生听后低着头，不发一言，但若有所思，随后哈哈大笑起来，只说：“你回去也替我向钱先生问好！”

回到香港，锦堂先生马不停蹄地去见钱先生，锦堂先生将面晤胡适先生的情形，以及胡先生听完转述后的态度一一道出。钱先生听了，也不发一言。他那对神采奕奕的慧眸凝视着锦堂先生，似乎要从那儿揣摩出胡适先生的意思来。

锦堂先生见任务已完成，赶紧告辞。出了校长办公室，他放慢了脚步，陷入沉思。钱先生平素礼貌有加，按道理，应亲笔书函一封给胡先生方合乎情理，而他只是捎个口信，这是为何？两位学术权威之间相互的“沉默”态度，让锦堂先生更是无法明白个中深意。

锦堂先生的台湾之行，可以说是钱、胡两人关系的破冰之旅，他起到传话筒的作用。从钱先生主动伸出橄榄枝，和胡先生转达的问候来看，两人已不计前嫌，虽称不上化干戈为玉帛，但至少已开始间接对话。随后，胡适派人到台北市重庆南路的各个书店去搜购钱先生所有的著作，这些书都是他自己掏腰包支付的。从细小的行为上可以察觉到，胡适的态度在转变。但遗憾的是，胡适先生于1962年在“中央研究院”的酒会上，因心脏病猝发而去世。一桩久存的心事，也随他西去。

香港大学为胡适先生举办了追悼会，邀请钱先生参加，并请他致辞。当时锦堂先生也在场，港大中文系主任林仰山以及所有的人都屏住呼吸，担心钱先生讲一些题外的话。然而，钱先生只是回忆他与胡适先生在无锡中学的初遇经过，全无个人恩怨，还对胡适予以高度的评价。大家都松了一口气，觉得钱先生很有气度。

胡适先生在世时，人们认为钱先生无缘进入“中央研究院”，多少与他有关。据锦堂先生说，论学养、成就与名气，钱先生早在1948年举行的第一次“中央研究院”院士选举时，必当予其列，但选出的81人中，竟无先生名。个人名誉是其次，但它代表一个人在学术界的话语权。1966年，“中央研究院”拟提名钱先生时，遭钱先生拒绝。

几年后，锦堂先生移帐香港大学，随后又去了夏威夷大学。此时，钱先生已将新亚书院扶上马，送上坦途，在新亚书院加入香港中文大学后，他主动辞职，功成身退，由香港移居台湾。

有一年，锦堂先生去拜访钱先生。昔日，钱先生的眸子总是那么炯炯有神，如今却因用眼过度而丧失目力，此情此景，令锦堂先生心中别有一番酸楚。欣慰的是，钱先生身边有一位懂他、疼他，且尊重他的知己和贤内助。年纪比钱先生小34岁的胡美琦女士自27岁嫁与钱先生后，遂辞教职，悉心照顾钱先生。这段幸福婚姻至今成为佳话美谈。

那是锦堂先生最后一次见到钱穆先生。1990年8月，“一代宗师”钱穆以95岁高龄辞世。

（《作家文摘》总第1928期）

邵飘萍因何而死

·谭伯牛·

八十多年前，军阀们在中国打了一场混战：冯玉祥的国民军退守西北；张作霖与吴佩孚合作占领了华北；孙传芳则控制东南。唯天佑吾民，此前此后都发生过的屠城之类惨事并未出现。唯有奉系军阀在北京镇压“赤化分子”时，杀了一些人。最著名者是李大钊，其次，则是邵飘萍。

邵振青（1886—1926），字飘萍，浙江东阳人。他是近代新闻业的前辈宗师，独立创办《京报》，所撰《新闻学总论》及《实际应用新闻学》被当时从业人员奉作圭臬。但是对于飘萍的死，与他同时代的人，颇有微词。

有说飘萍娶妾嫖娼的。对此他默不置辩，他的后人为他立传，也宁信其有。这种事情，究为时代风气所化，不足吹求。

有对飘萍收入过丰存疑的。章士钊云，飘萍好抽雪茄，烟叶皆为“美洲上材”，经“名厂特造”，烟卷标有“邵振青制”四个字，珍贵得很。一烟之微，尚奢侈如是，则其他生活用费的高昂，可想而知（如飘萍自备小轿车，在当时即为豪举）。章士钊认为飘萍积累财富的手段是利用了他的舆论影响力——“颇以言抑扬人，而言皆有值”。

什么叫“言皆有值”呢？用今天的话解释，就是做“有偿新闻”。有一位与飘萍同时且同行的人——龚德柏，提供不少证词，似可合理说明飘萍收入与消费不符的真相。

德柏（1891—1980），字次筠，湖南泸溪人。他创办《大同晚报》，曾任《申报》总编，因言贾祸，入狱数次，也是民国时代著名新闻人。德柏总结了飘萍的“办报宗旨”：“先骂，得了钱后即百八十度转变，而大大恭维”。例如，1924年，中、苏进行复交谈判，其时，外交总长为顾维钧，负责谈判的是王正廷。王氏谈妥，并草签合约，向顾氏报告，孰料顾氏不同意（彼时他对苏联的看法与张作霖相似），打回重写，而又不下达更具操作性的指示，于是谈判一度陷入僵局。飘萍乃撰文大骂顾维钧，轰动朝野。顾氏脸皮薄，当即赠金5000元，并承诺增加外交部对《京报》的津贴。第二天，飘萍再写一篇社论，则大捧顾维钧，痛骂王正廷。

但是，吃人嘴软，拿钱手软，算是这一行的底线，一旦逾越，或有不测之祸。依德柏的观察，飘萍之死因，就在逾越了底线。1925年冬，奉系干将郭松龄突然倒戈，消息传到北京，飘萍因受郭氏之贿，乃在《京报》上贴出两幅写真，一为张作霖，图注“马贼头目”；一为郭松龄，图注“人民救主”。张氏出身土匪，不错；郭氏呼应革命，也不错。但是，飘萍若收了钱，才扬此抑彼，似乎不那么对。

当时，北洋政府对新闻界提供一笔经常性的“津贴”，各报社、通讯社依政府划定之等级，按月领取数额不等的资金。《京报》被列人最高一级。但政府给的钱没法跟各地军阀给的钱比，而军阀给钱之多少，则视乎本身实力大小而定。奉系是实力最强的军阀，张作霖出手阔绰世人皆知。据邵氏后人转述飘萍之语，当郭松龄反戈，张作霖曾说要给飘萍30万，请他向着自己说话。

只是，既收过张作霖的钱，《京报》又骂张作霖是马贼头目，似要惹上麻烦。果然，当张氏在东北读到这张报纸，不禁质问飘萍："我们常帮你的忙，何以这样不客气？"飘萍答曰："你们所帮忙的是邵飘萍，宣传张作霖是马贼的是《京报》，《京报》与邵飘萍并非一物。"听到这样的回答，世间之人盖皆萌生杀意。唯常人无此势力，不过痛骂几句而已。张作霖不然，他是拿枪的人，且是正向北京进军的军阀，一旦攻克北京，他不去搜捕飘萍，那才不正常。果然，奉军进了京城。当然，飘萍也避入租界。但是，张作霖太气愤了，不抓他来杀简直寝食不安，于是买通飘萍的三位好友（每位5000元），诳他回家。1926年4月24日，飘萍受骗回家，当即被抓。次日，北京新闻界13位同仁向先期抵达北京的张作霖之子张学良求情，学良极不客气说了一句"为邵飘萍说情，太无人格"，并做了一个斩首的手势。26日，飘萍遂以"宣传赤化"之名被枪决。

斯人已矣。他的受刑毫无法律上的公正可言。若飘萍作了"有偿新闻"，尽可以审判飘萍的受贿罪、毁谤罪乃至勒索罪，但不经审判，军法从事，这是没有道理的，也是没有先例的。北洋政府（将袁世凯任期计算在内），统治中国17年，在北京这个"首善之区"，不经法律程序，抓来就杀，应以张作霖父子为滥觞。因此，飘萍之死，终是枉法之死。冤矣，可叹。

（《作家文摘》总第1725期）

陈岱孙：往事偶记

·陈岱孙著　刘　昀编·

金岳霖幸而躲过轰炸

我和金岳霖先生论交始于1927年。金先生于1914年毕业于清华学堂，比我高六班。但我们在清华只是先后的同学。我于1918年考入清华高等科三年级时，金先生已经去国四年了。金先生于1923年学成回国，1926年来清华任教。而我则于1927年回国来清华工作。

我来清华工作后，长期和叶企孙先生同住清华北院七号住宅。我们纠集几位单身教员和一两位家住城内的同事，在我们住宅组织一个饭团。金先生是饭团最早成员之一。在校之日他住在工字厅宿舍，都在我们这个饭团就餐。我们就是这样开始了我们在清华、西南联合大学和北大三段时间28年的同事关系和亲密的友谊。

金先生专治逻辑学。我对于逻辑学是外行，因此，对于他的学术造诣无置喙的余地。我怀念他的是他的忠实为人和处世。

金先生给人的第一个印象是不修边幅，随遇而安。他的两眼视力不好，怕光，所以无论是白天黑夜，他都戴上一个绿塑料的眼遮。加以一头蓬乱的头发，和经常穿着的一身阴丹士林蓝布大褂，他确实像一个学校的教师。但他实际上是一位极讲严谨工作、一丝不苟的学者。他有一个数十年如一日的生活习惯，即划出每日的上午为他的治学的工作时间。只要环境条件允许，在这工作时间内，他严格地闭门谢客，集中精力研读写作。

他当年住在城里，每星期来校上课三天的日子里，他得一早从城里赶车来清华园。于是他实际上每星期只有四个上午可供自己治学使用，从而更珍惜这四个上午的时间，更严格地遵守他所自立的上午例不见客和干其他事务的规矩。他的朋友们都知道他这一习惯，绝不在这些日子的上午去走访他以免吃闭门羹。

抗战时期，他把这一习惯带到了昆明。这个习惯有一次几乎为他带来了不幸。当时昆明多数专科学校因避免空袭干扰，都已于是年春间陆续疏散下乡开学。西南联大得以借赁这些学校的校舍暂供理学院春季始业作教室和宿舍之用，并以之暂供安顿从蒙自搬来的师生居住之用。金先生被安顿在昆明城西北城乡区的昆华师范学校，我则被安顿在昆华师范学校北面二三百米外昆华农业学校。1938年9月28日，昆明受到敌人飞机在云南的第一次空袭。这次空袭被炸的地区恰是昆师所在的西北城乡区。空袭警报发出后，住在这三个楼的师生都按学校前此已做出的规定，立即出校，向北城外荒山上散开躲避。金先生住在中楼，当时还正在进行他的例行工作，没想到昆师正处在这次轰炸的中心，中了好几枚炸弹。联大所借赁的三座楼中，南北两楼各直接中弹。中楼没中弹，但前后两楼被炸的声浪把金岳霖从思考炸醒，出楼门才见到四周的炸余惨景。用他后来告诉我们的话，他木然不知所措。

空袭时，我躲避在农校旁边的山坡上，看到了这次空袭的全过程。敌机一离开顶空，我和李继侗、陈福田两位教授急忙奔赴昆师，看到遍地炸余，见到金先生和另两位没走避的联大同事。金先生还站在中楼的门口，手上还拿着他没放下的笔。

后来我们收拾余烬，和另十来个同样无家可归的同仁一起，迁往清华航空研究所租而未用的北门街唐家花园中的一座戏台，分据包厢，稍有修整，以为卧室。台下的池座，便成为我们的客厅和饭厅。金先生和朱自清先生、李继侗先生、陈福田先生及我五个人合住在正对戏台的楼上正中的大包厢。幸运的是，我们在这戏台宿舍里住了五六年，直至日本投降，联大结束，不再受丧家之苦。在这一长时期中，金先生又恢复了他的旧习惯，除上课外，每日上午仍然是他的雷打不动的研读写作时间，但他答应遇有空袭警报，他一定同我们一起“跑警报”。我们也照顾他这一习惯，在这大包厢最清静的一角落，划出一块可以容纳他的小床和一小书桌的地方，作为他的“领地”，尽量不去侵乱干扰。他的力作《论道》一书就是在这环境下写出来的。

在抗战前，金先生一直住在北京城里。其中有六七年他住在东城北总布胡同一小院里。这座房子有前后两院，前院住的是梁思成先生和林徽因夫人一家，金先生住的是后院。他经常于星期日下午约请朋友来他家茶叙。久而久之，就成为一习惯。常客中当然以学界中人为最多。但也不排除学生们。记得一二次，我就遇见了一些燕京大学的女学生，其中有一位就是现在经常来华访问的华裔作家韩素音女士。学界中也还有外籍的学人。我就有一次在他家星期日聚会上遇见20世纪30年代美国哈佛大学校长坎南博士。他是由他的女儿慰梅和女婿费正清介绍的。有一次，我在他的茶会遇见几位当时戏剧界的正在绽蕾的青年演员。另一次，我又遇见几个玩斗蟋蟀的老头儿。人物的广泛性是这茶会的特点。

抗战爆发后，后方的颠沛流离生活不允许有这种闲情逸致。抗战胜利后，金先生不再离群索居住在城内，而搬来郊外校内宿舍居住，这一已是多年不继续的习惯，更是提不起来了。我不知道金先生是否会引为憾事，但我相信这些过去曾为其常客、稀客、生客的，倒会感到若有所失的。

周培源骑马去上课

周培源先生和我60多年的深交，开始于他从美国学成归国、到清华大学物理学系任教的1929年。

1931年"九一八事变"和随之而来的帝国主义侵略面貌的暴露引发了校内敌忾同仇的气氛，同学们纷纷热诚地参加军事训练。不知道是否多少也受这一气氛的影响，在教师中，我们成立一个步枪射击班、一个马术班。我参加了这两个班。培源先生只参加射击班。他说，他在家乡时，已学得土法骑马术，不必再加以西化了。

几月后，这两个班都结束了。但在其基础上，却派生出两个组织：一个是清华骑马会，一个是与协和医学院工作人员合组的北京猎人会。培源先生参加了猎人会；我则两会都参加了。记得只有一年冬天，他和我及清华大学王文显老师、陈福田先生和四至五位协和医院的大夫结伴去山西打猎。到驻地后，每两个人结为一组，由一位向导带路，一早带干粮入山寻找猎物，在天黑前赶回驻地。如此者四至五天。培源先生和我结为一组，我发现他的定向本领特强。在山中转来转去，我有时转糊涂了，而他仍然老马识途地认得归路。在这几天内，他打到了一只野猪，我打到了一只鹿。这是我们唯一的一次结伴行猎，但是一个人的性格经常在这种处境中表露出来。

培源先生教的是物理学，我教的是经济学。虽然一起吃了几年饭，熟了，但隔行如隔山，我只知道他教的是理论物理学，而主要从事于爱因斯坦的相对论引力论与宇宙论的基础理论的研究。对于他研究的内容，我当然是一无所知了。但从叶企孙先生对于他的器重，和听到同学们对于他教学的反映，我至少知道他是一位饱学之士、出色的教师。

在西南联大成立一学期之后，日机便开始空袭昆明。日机空袭日益频繁，联大有眷属的同仁都纷纷搬往昆明郊区居住。一般教师的郊区住处离校本部少则七至八里，多则十几里；城乡间只有小路且无交通设施，只可安步当车，一日往返。而龙王庙离城太远了，因此，在搬往龙王庙后的头两年，培源先生养了一匹马代步。每逢上课之日，一清早骑马进城上课，下午再骑马回家。但两年之后，昆明物价腾贵，他买不起饲马的草料，只好将马卖掉，买一辆自行车，仍然在上课之日风雨无阻地一清早进城，上完课后下午回乡，从不缺课。

这一时期，培源先生是在十分艰苦的条件下，坚持他的科研工作的。抗战前，他在清华所从事的关于爱因斯坦引力论与宇宙论的基础理论研究，由于战争中颠沛流离生活的干扰而中断。到了昆明之后，他改而从事流体力学中湍流理论的研究。龙王庙村的小楼不受日机空袭的干扰，为他提供了条件。除了固定日期进城上课外，他整天关在小楼工作。我们和他达成一谅解，即便我们来到他的住处，名为做客，我们可以自行游玩、休息，完全不要他下楼操心。他于是就以锲而不舍的精神坚持他的研究工作。他在1940年发表的关于湍流理论的第一篇论文就是在这样的环境写出来的。

（《作家文摘》总第1965期）

这才是真正的章太炎

·章念驰口述　徐　宁整理·

今年（2016）是我的祖父章太炎去世整整80周年，一般人对他的记忆很模糊，大多数人觉得他就是一个疯子，一个非常邋遢的迂腐老人，一个出门不认识回家路、不认识货币的书呆子，社会上流传着很多关于他的这类故事。这些故事概括了章太炎，让我很不安。到底他是一个什么样的人物？

学问从这里开始，《说文解字》读了72遍

祖父的学术，涉及小学（指文字学，下同）、音韵文字、经学、朱子学、佛学、哲学、史学、文学、医学、书法。我觉得祖父涉及这么多领域，最大的贡献不在于写了多少著作，而在于他研究的核心是创新——对中国近代文化的创新、继承和发扬。祖父学术的最大特点是敢于疑古，大胆怀疑，不断提出新的观念和看法。如果有人问：章先生，你在哪一个领域成就最高？他会毫不思索地说，是

医学。这真的是他的内心话。医学是他生命中最喜爱的，成就最高的却是小学。

祖父曾经说过，他研究《说文解字》，他的学问也就从这里开始。祖父读《说文解字》读了72遍，相关著作都梳理了一通。9000多个汉字音形义了然在心，然后再涉及其他领域。祖父在别的地方取得更高成就,都有赖于小学功底。所以祖父一生讲学,每次首先讲的就是小学。祖父在东京流亡给人做过好多次讲课，每一次讲课，不管在成大还是帝国教育会，或者民报社，都是先从说文解字讲起。

学术思想中最精华的是“平等说”

在中国近代利用佛学建立自己的哲学体系，祖父不是第一人，而祖父将佛教合理内涵用于革命，思想中有现代化寄托：比如最终是佛学中的平等思想，类比于鼓吹近代革命思想中的平等概念，这就是祖父学术思想中最精华的“平等说”。祖父认为“平等”来自于庄子的《齐物论》，与西方基本价值相似，即人类基本价值平等价值。祖父就此写了《齐物论说》，倡导人与人平等、国家与国家平等、文化与文化平等，思想的多元、文化的多元，反对归一说。

祖父的文章最不讲究形式，反对文学的形式主义，反对各种八股、各种文体的限制，因此祖父在文学上留下了很多精辟思想。他这些思想传给了他的后人，这些人几乎都成为五四运动的思想先驱。

他爱书法，也爱医学

讲两个他很小的学术上的事情：书法和医学。

祖父虽然不是书法家，但是在书法上做出的贡献，确实被书法界高度重视。在他的晚年，1933年，那个时候东北已经沦陷。看到我们国家受到的威胁，他深深不安。写了一部《千字文》，留给我们家人后代识字、读字，用标准小篆撰写。他觉得一个国家有可能沦亡，但只要文化被保存，总有复兴的希望。这部《千字文》，在祖父去世50周年之际影印出版，我送给了复旦大学的教授周国成一本，他也是我祖父的再传弟子。周国成先生90多岁了，一度担任全国人大常委会副委员长。文人从政，很忙很忙。他的夫人告诉我：念驰啊，你给了我先生什么东西？他连着三个晚上不断起床，不知道在做什么，查什么。后来国老找我去说，念驰，你送我这本书，实际上给了我一个功课。我发现太炎先生的篆书《千字文》和今人有19处不同，到底是谁写错了？我花了三天时间查，结论是老先生写的都是对的。这时，我深刻意识到祖父留给我们的都是什么。

祖父对医学不仅是兴趣，而且花苦功。他留下来一部医学手稿，上面精心抄录了很多案例和药方。我把这部手稿整理出来收录在今天的医学论文中。现在很多学医的都说一辈子没见过这么多方剂，不知道章太炎先生哪里找来这么多案例。

实际上，祖父收藏明代的医学典籍有70多部。到了晚年，祖父发觉政治上他已经难以作为，就又回到医学。北京有个出版社把我编的我祖父论伤寒的部分拿出来加以梳理，编成《章太炎论伤寒》。我大吃一惊，因为我充其量只是整理出来，只是史学工作，没有读懂医学，想不到他对医学有这么多思考。

他受的苦一般革命者没有经历

到今天，多数人仍认为章太炎是一个反清斗士。这是曲解了他。

从把希望寄托在维新，寄托在光绪身上，到与保皇派决裂，走向革命，甚至第一个把象征着清政府顺民的标志——辫子剪掉，表达与清政府决裂。在著名的“《苏报》案”中，甚至以个人身份与清政府在洋人法庭上斗争。所以，章太炎不仅仅是反清的斗士。反袁世凯、反对南北军阀、反对孙中山的北伐……几乎一直在反对，为什么？因为旧社会太黑暗，太不公平了，不能不反对。

当年祖父被袁世凯先后囚禁在北京的三个地方，最后在钱粮胡同。章太炎始终带着两个女儿流亡。他大女儿看到父亲经历了那么多的痛苦，而且前景仍然没有看到，非常悲哀，最后选择自杀。当时我祖父自己也有自杀念头，写了墓碑，说死了就挂在墙上。这也影响了他的女儿，最后觉得要代父亲去死，先去死，从而唤醒世人对章太炎的保护。

他把自己定为民党的一员

但是祖父一生追求的到底是什么？他最终的追求、最高的追求，是共和、自由。辛亥革命后章太炎参加国内政治活动。辛亥革命成功有五种力量，革命党人的力量其实都不及五分之一，当时参与革命的还有很多立宪党人。祖父认为，革命政府起来了，应该团结各种力量。辛亥革命以后，章太炎没有加入革命党一天。有人认为他是革命党创始人，根本不是，他把自己定为民党——人民的一员。他反复向孙中山强调，一个政权就像一座大厦，需要人监督管理，否则会瘫痪。所以他愿意站在人民立场监督、提升政府。

有人说章太炎的最大问题是反孙，但是孙中山本人不这么看。辛亥革命胜利后，孙中山从美国回来组织临时政府，由 9 个人组成，提名章太炎担任教育部长，当时叫教育总长。但是孙中山的同事们不同意，说经常唱反调，他们拒绝，他们请了蔡元培。孙中山无可奈何，只好请我祖父担任总统府最高顾问。祖父就任一天就走了，他说我还是回到民间去，站在民间角度不断给你提醒就行了。

不久二次革命失败，孙中山他们再度流亡，祖父却说不流亡了，中华民国建立了，不跑了。他到北京，敢于面对面和袁世凯做斗争，被关起来。孙中山 1917 年组织军政府，在武汉成立。第一个就邀请章太炎陪他去南京军政府，最困难的时候担任军政府秘书长。1921 年广州成立大总统府，再次邀请章太炎当秘书长。孙中山三次推荐章太炎任国史馆馆长，认为只有章太炎有资格。

（《作家文摘》总第 1971 期）

父亲秦汾和他的朋友们

·秦宝雄·

与丁文江过往从密

1906年，父亲秦汾在天津北洋公学（今天津大学）毕业。学校是袁世凯创办的，目的是要培养通晓洋务的人才。父亲毕业后就被送到美国波士顿的哈佛大学学习天文和数学。1908年得了那两科的学士和硕士双重学位，他还是那年全班最优秀的两名毕业生之一。父亲于当年8月，乘船去英国继续深造。

到了英国，他先去剑桥大学，发现那个大学不承认美国的学位，要他先读两年才可以拿到学士学位，所以他就又去了格拉斯哥城的格拉斯哥大学。这个学校，只要他再念两年就可以得到博士学位。因为家里多次去电报催他回国，所以也没有在这所学校念多少时间。最大的收获是在这里认识了丁文江和李毅士。他和他们两人，一见如故。父亲并和丁文江一同去欧洲大陆旅游。

父亲1910年夏季回国。先回嘉定老家省亲，然后到南京、上海教书。父亲结婚后，写了几本中学程度的数学教科书，被全国各校采用，一时声名鹊起，后来被载入中国现代课程教材史。1915年，他被邀请去北京大学教书。

父亲刚到北京时，就住在丁文江家里。不久父亲举家来北京，就搬到后泥洼胡同租的住宅。笔者就在那里出生。

在我记忆中，丁文江的眉毛又黑又长，嘴唇上有两撇尖向上翘的仁丹胡子。他很喜欢长我三岁的哥哥宝同，有一次还带了宝同到他家去玩了几天。宝同后来带了很多的玩具回来。丁文江常抽雪茄，他总是把套在雪茄上的纸圈送给我们，我们拿了戴在手指上，当作戒指。

丁文江的太太史久元，也常来我家。我童年时的印象是：她举止温柔文雅，相貌出色，但身体孱弱，时常生病。她没有生育，收养了一位她娘家（史家）的女孩子。那女孩子后来与丁文江的一个弟弟相爱，丁文江和太太好像不甚赞成，但也没有反对。所以，那女孩和丁文江的弟弟就结婚了。

无比认真的翁文灏

大约在1928年，有一位身材矮小的男士和丁文江一同来到我家。这位先生说话带有浓厚的南方口音，给我留下了深刻的印象。他说那时候的年轻人，国文程度太差，甚至于连“也”字跟“焉”字，也不知道怎么运用。说到这件事的时候，他特意说“马脚焉”和“跷脚也”。因为在南方方言中“焉”和“也”两个字，声音几乎是相同的。后来我才知道，他就是鼎鼎大名的翁文灏。翁文灏也是我父亲的好朋友。抗战时期，翁文灏是国民政府经济部部长，我父亲是次长。经济部总管战时全国粮食、燃料、工业产品等重要物资，但不包括兵器、弹药。

1928年，丁文江去上海，在军阀孙传芳手下，任淞沪督办，我常在报上看到他的消息。但是不久又看到报纸上说，他在上海因为车祸受伤而辞职了。他回北京后曾来我家吃饭。

1929年，父亲小结北京大学教书生涯，去南京从政。在宋子文主持的国民政府财政部做会计司司长。1930年，举家搬到南京，就有三四年没有见到丁文江的踪影。1933年，父亲升任为财政部次长。1934年，丁文江来南京就任中央研究院总干事，才又来我们的沈举人巷住宅相聚。中央研究院院长是蔡元培。丁是总干事，主管一切行政和研究工作。

和父亲的朋友们一同秋游

我有幸在1932年秋季，跟父亲参加他几个朋友的秋季郊游，去南京附近的栖霞山，看著名的红叶。这几个人有蔡元培、吴稚晖和其他几位朋友。蔡是知名人士，吴是国民党元老，但没有特备专车，也没有预订车票。到车站后，发现下一班火车只有三等的硬座，大家就上去了，坐在木板长椅上。我那天穿的衣服，外面是蓝色的长衫大褂，里面穿西式白衬衫。蔡元培看了觉得很奇怪，就问我穿的是什么衣服。经我解释了后，他就点头说，这是很好的办法，白衬衫的领子翻出来，盖住了蓝大褂的领子，可以常常换洗白衬衫，使蓝大褂的领子保持清洁。

1934年初，丁文江就任南京中央研究院的总干事，他的太太还留在北平，所以他差不多每个星期日都到我家来。每次来，总是先到我们三兄弟住房里聊几句。

大概在1935年，丁文江和翁文灏、曾世英绘制了一本中国地图，是那时测量最准确、印刷最精美的地图。上海商务印书馆无法达到他们要求的水准，所以是送到日本去印制的。我们很喜欢这份地图，想买，可是定价25元法币，实在太贵了，买不起。他得知我们的愿望，下次来时就带了一本送给我们，我们真是高兴极了。

北大同事胡适

家父与胡适在北大同事多年。胡适是文学院的名教授，父亲是理学院的教授，还做过理学院的院长。1932年正月，上海发生了淞沪战争，我国的十九路军，由蒋光鼐、蔡廷锴两位将军指挥，在上海地区与日本大打了一仗。战争一开始，父亲就将我和姐姐舜华，送到上海法租界舅舅钱永铭家暂住。父亲又将弟弟宝通送去北平，住在丁文江家里。哥哥宝同留在南京，没有动。几个月后战事平息，我和姐姐先回南京，弟弟随即从北平回来。他回来以后，还和我们提到去过胡适的家里好几次，和胡家的两个男孩（胡祖望和胡思杜）在一块儿玩。

1936年1月，丁文江逝世后，胡适从长沙来南京，并到我家吃午饭，我因此认识了他。那年夏天我考上北平的清华大学。第二年4月，清华举行了一年一度的校庆。那时候一切都很简单朴素，只是在晚上有京戏节目。早晨在大礼堂开了个纪念会，由校长梅贻琦主持，请了两个人来讲话。一个是胡适，会后我走上前去和胡适握手，他说还记得一年以前在南京来我家吃饭的事。另一个讲话的是颜惠庆（中国资深外交家）。颜当时刚从苏俄大使任上辞职回国。他一口上海官话，那天讲的是他从前创办清华大学的事。他说在宣统二年，也就是1910年，他负责筹办清华学堂，常常从北京骑小毛驴到清华园办事。

这是我生平第一次看见颜惠庆，也是最后一次。想不到在9年以后，也就是1946年，10月17日，我在美国和他的三女儿颜彬生结婚。

（《作家文摘》总第1934期）

田汉伯伯

·黄仁宇·

曲线救国

1938年，我在《抗战日报》工作时，正是国共合作的高峰期。那时剧作家田汉，是该报的编辑。但他甚至不曾到过在长沙的办公室。他把编务工作交给我的朋友廖沫沙，自己和周恩来、郭沫若任职蒋介石军事委员会下的政治部，当时待在武汉三镇。身为少将的他，训练组织了许多剧团和戏团，培养舞者、歌手、演员和艺术家，振奋战时的士气，成立像联合服务组织（USO）一样的劳军团。他的另一项计划是在武汉城墙上做的大型壁画，长达数百英尺，内容是描绘中国人民团结抗战，从长江上远远就可以看到。武汉落入日军手中时，壁画尚未完成。

我稍早就见过田汉本人。在我从成都中央军校毕业后，我才称他田伯伯。他的儿子田海男是我在军校时的同班同学。由于这层关系，我去过他们家好几次。海男和我在十四师下的同一个团，我们也一起去印度及缅甸。海男年幼时，周恩来和邓颖超视他为干儿子。在蒋介石任命田伯伯为少将前，曾怀疑他是共产党同路人，把他关了一年多。

田汉在日本念大学，本来想进海军，后来没有实现愿望。他和同时期的许多学生一样，发现中国除了船坚炮利以外，还急需许多其他的事。20年代末期和30年代初期，他在中华书局当编辑，还在上海的一两所大学里教书，日子原本可以过得很舒服。但他辞去这些职位，改当南国艺术学院的院长。虽然这个学院被认为出了最好的制作人、导演、剧作家、男女演员，但没有人知道这学校是如何经营的。据我所知，在一开始，有些电影制作人为了要扶持电影这个刚萌芽的产业，因此拿出一部分资金来。从此以后，这个学校的管理就和田伯伯一家人密不可分。这个学校根本就是故意不赚钱。至于人事，职员和学生之间没有太大的差别，全都像兄弟姊妹一样，有些友人就住在田家租来的房子里，而有些朋友的朋友从遥远的省份来上海找工作，在还没找到房子前也住进田家。那时田伯伯还是鳏夫，由田伯伯的母亲负责周济一家子食客，也因为如此，她有个很恰当的封号：“中国戏剧界的母亲”。

有趣的创作过程

有一篇刊登的文章说：有一次有个剧团碰上严重的财务危机，于是请求田汉写篇作品让他们演出。田汉一口答应，照例以大吃大喝拉开序曲。剧团为了要让创作过程不受到干扰，还替他在城里安静地段的旅馆内安排了一个房间。田伯伯却叫更多酒，邀请他的一些朋友到房间里来聊天，到三更半夜还谈个没完。第二天剧团的人过来偷窥，发现这位无从捉摸的剧作家睡得正熟，他们买来的文具原封不动。到傍晚他醒了，叫来更多的酒和食物，继续和朋友聊天，聊完就睡觉。第三天，剧团的人绝望了。这时剧作家找到灵感，他一跃而起，振笔疾书，写了一整个黄昏，一整个晚上，第二天又继续写，一直写到第三天。那天中午，剧团的人又来了，发现他还是在睡觉。但他们辛苦等了五天的剧作就放在桌上，连最后一景都写好了。我把这篇文章给田海男看时，问他："你觉得呢？"海男露齿一笑："这很像家父的作风。"

田汉的选择

战争还让剧作家结识无数国民党将军，他相熟的国民党将军不下数十个。事实上，海男和我、我的表弟李承露等人之所以在军校毕业后到十四师，也是因为田伯伯的推荐函。他写了一封信给师长阙汉骞，阙要求校方将我们四个分发到他的师。如果校方不肯呢？田伯伯写了另一封信给教务主任孙元良中将。两年后，同样的过程又重演，海男和我得以到印度去。田伯伯和郑洞国将军也够熟，熟到可以要儿子和儿子的朋友一起到他麾下。他一直是我的恩人。

国共决裂是在1941年，新四军事件（皖南事变）粉碎联合阵线，双方关系不堪修复。

田伯伯对新四军事件的反应直截了当。晚报刊出蒋介石对事件的解释，他把报纸一扔，大叫："满嘴的仁义道德，满手的血腥！"重庆局势愈来愈不利于郭沫若和田汉。讽刺的是，他们仍然领国民党的薪水，但他们不再担起任何职责，随时有特务跟踪。他们不时会受邀参加政府文工人员举办的宴会，不同党派的人干杯时说些冠冕堂皇的话，语气却嘲讽讥刺。郭沫若选择留在重庆，部分原因是为了年轻的妻子和出生不久的儿子。但田伯伯在我们离开后不久就偷偷溜走，第六战区司令官陈诚将军也是他的朋友，这位剧作家就沿着长江顺流而下，顺道去陈将军的总部拜访一下。陈诚给他财务支持和安全通行证，让他一路通过整个战区，直到桂林，当时隶属左派军阀李济深管辖。有一段时间南方的这个省会成为避风港，庇护不受重庆欢迎的作家和艺术家。

田伯伯不曾对我们透露他的共产党党员身份，但其实也没有必要，因为即使在内战开打前他的地位已相当清楚。他也不曾要我支持共产党，他只是常常对我说，到了我这个年龄，在政治上应该已经成熟，借此可能希望我自己“觉醒”。但我显然无视于人民的受苦，对解放运动毫无兴趣，一定让他彻底厌恶我了。但是，他还是很容忍我，在我们短暂的相处时间内，他尽全力教我日文，让我了解外语对教育有多重要。更窝心的是，我母亲经过桂林时，田伯伯和他母亲热情款待。许许多多的小事提醒我，田伯伯的确把我当他的家人对待。

他受情感的驱策时，有时过于情绪化，无法沟通，但很快会恢复乐天合群的个性，谈话中充满笑声。有一次他和同伴比赛谁先跑到山顶，结果他赢了，掏出手枪对空鸣枪三声，宣告他的胜利。他曾为朋友写了一首悼亡诗，后来重抄一次，每个字高一英尺，刻在俯视朋友坟墓的石崖上。这个工程一定花掉他当时所有的积蓄。

（《作家文摘》总第 1985 期）

黄仁宇回忆：革命时期的父亲

·黄仁宇著　张逸安译·

蒋介石与许崇智

许多学历史的学生以为，蒋介石是孙中山旗下的军事指挥官。但这并非事实。孙中山于1925年3月12日逝世于北京时，他在广东的军事将领一直是许崇智。蒋是黄埔军校的校长，同时也是许将军的参谋长。孙去世后，广东的国民党政府闹派系分裂。一般认为蒋走的是中间路线，因此能团结国民党，进而北伐。左派的廖仲恺被暗杀时，右派的胡汉民据说和刺客还保持联系，于是蒋赶走他。

接下来蒋就赶走许将军，因为许同样也涉案。许恰巧私德不检，他在广东沉迷赌博，常和风尘女郎来往。蒋介石先摆平他的部属后，再邀许将军共进晚餐。觥筹交错之际，蒋建议将军可以到上海休息三个月，由身为参谋长的他在广东清理门户。将军得知属下都已同意后，仍想替自己开脱：他至少需要几天工夫来处理家中私事，之后才能离开。这时蒋介石明确告诉他，许夫人和子女已在码头等他。许将军震惊之余，晚餐后立即搭船到上海，从此不再回来。他应当很有风度地接受整件事，因为依照当时军阀的惯例，在最后一道菜还没端出前，他很可能就被带到后院枪毙。这场不流血的政变让蒋介石登上国民党总指挥官的宝座，并统领大军北伐。

告诉我这个故事的父亲，也曾当过许崇智将军的参谋长，尤其是在许当旧十四师的师长时。在蒋介石之前，我父亲黄震白和许崇智已认识了很多年。

父亲的革命道路

我的父亲来自湖南一个家道中落的地主家庭，这样的背景正适合中国革命分子。他旅行到贵州、云南和中南半岛，从海丰搭船到广东，最后到了福州。父亲在福建进入省立的军校念书，当时的校长是许崇智将军，和父亲的年龄差不多。父亲成绩优秀，不仅第一名毕业，从许将军手中领到一枚黄金奖章，而且还劝他加入同盟会。武昌起义时，南部各省立刻宣布独立，不受北京清朝政府管辖。许将军扮演重要角色，将福建省交到革命党人的手中。父亲当时已经从军校毕业，立刻成为许将军的参谋长。在当时这一点都不奇怪，因为现代陆军还在萌芽期，各省强人只听自己的命令，中国开始踏上军阀之路。

革命党人宣布成立共和国后不久，就面临袁世凯图谋将自己的总统身份改成皇帝。“二次革命”于是诞生，但革命失败，同盟会领袖逃到日本。父亲返回湖南后，旋即遭到逮捕，原来当局悬赏捉他。他在友人暗中帮助之下，在千钧一发之际逃脱。但云南起义和舆论获得最后胜利，袁世凯被迫取消称帝计划，羞愤而死，时为1916年。许崇智将军重回岗位，先在福建，后来到广东。父亲也重当参谋长。

但袁世凯之死并没有带给中国和平，只是象征开启了十年的无政府状态。次年，中华民国分成北部和南部。当时的大元帅孙中山首先提出“北伐”的概念，如果当时加以实行，就可以算是“三次革命”。但他的广东政府也是南部各军阀抢夺的目标，单是清除这些军阀就可以构成“四次革命”。这时我父亲觉得已受够革命了，他回到湖南，和母亲结婚，次年我出生。

父亲提早退休，第一个付出的代价便是贫穷。全家不曾饿过，但我们少有特殊享受，简单的正餐外更少有点心。长沙街头贩卖着番薯、烤花生、烤玉米和韭菜盒子，阵阵香气一再提醒我，我从童年一直饿到青少年。

父亲的谨慎对我的影响

念中学时，我们的学生代表大会蠢蠢欲动。代表大会虽然和共产党没直接关系，却要求撤换省主席任命的校长，并质疑军训课的存在，这也触及省主席的权威。父亲要我置身事外，我不听，他居然亲自跑到学校，看我是否成为活跃分子，让我又羞又气。等我稍微冷静一些后，父亲才对我解释，激进主义很少出自个人信念，通常是来自社会压力。在大众压力下，可能做出事后头脑清楚时会后悔的许多事。我了解他为人父母的焦虑，但我并没有被安抚。青少年不可能自满于当老爹的婴儿。多年后我才开始体会他话中的要点。

因此，我们应该当懦夫，乖乖接受命运的安排？不，父亲向我保证，他只是希望我们不要成为不折不扣的傻子。

想起父亲，不觉勾起伤心的回忆。1936年，我获得南开大学减免学费的奖学金。当时他一定认为，多年心愿就要达成，眼看儿子可以走向不同于自己的人生道路。但次年对日本开战，全国一片混乱，他的梦想也被戳破。然而，战事发展成全面的战争时，他虽然不安，却更高傲，送走两个志愿从军的儿子。“这场战争我们绝对不能输。”他以复杂的情绪说。他来不及知道珍珠港事变，更不用说抗日胜利和中华人民共和国。庆幸的是，弟弟从国民党军队的交辎学校毕业，从军三年，最后又回到学校，完成大学学业，经过一连串的长期奋斗后，从斯坦福大学获得机械工程的博士学位。父亲至少有个儿子实践了他的梦想。

父亲如何影响我成为历史学家呢？他让我自觉到，我是幸存者，不是烈士。这样的背景让我看清，局势中何者可为，何者不可为，我不需要去对抗早已发生的事。

（《作家文摘》总第1903期）

难得有趣的灵魂

大学史上的“蒋、梅易势”

·司徒允·

在中国20世纪大学史上，被誉为“清华终身校长”的梅贻琦可谓倍得“身后荣耀”，而实际执掌北京大学20年之久且在西南联大时期与梅校长共度时艰的蒋梦麟，相形之下就显得逊色。他最终不无尴尬和酸楚地被迫离别北大，乃至脱离教育界。

无疑，蒋梦麟属于有本领的大学领导者。他在蔡元培任职北大后期，以总务长身份代行校长职权，面对国立高校严重欠薪、各类学潮此伏彼起的重重危机，竟能坚守3年之久，维持北大大体上运转如常，显示出不凡的韧性和能力。从孙中山、蔡元培到蒋介石，均对蒋梦麟的才干大为赞赏。1928年，蒋梦麟接替提出辞职的蔡元培，出任国民政府大学院院长、教育部部长，同时兼任第四中山大学（浙江大学）校长职务，其任内推出《大学组织法》及大学规程，意在整顿和规范经历长期动荡的国内高等学府。有了这番主持全国学政的历练后，蒋梦麟成功地与“中华教育文化基金董事会”达成协议，取得该会每年向北大提供20万元的资助，才于1930年重返北大，实施“振兴北大”的设想。

如此“强势”的校长，就任之初即提出“教授治学，校长治校”。当年蔡元培提倡“兼容并包”的办学方针，如今北大文科的实际掌权者胡适认为“错了”，应当摈斥旧学者，扶持新生力量，北大才有希望。而蒋梦麟是胡适的有力支持者。从积极方面观察，输入新鲜力量，使北大文科面貌一新，有利于长期发展提高。但另一方面，校内那种“兼容并包”的宽厚雍容气氛也日渐稀薄。

蒋梦麟接手北大不满一年，东北沦陷，北平成为“危险地带”，办学的和平环境不复存在。一些资料显示，他参与了黄郛与日方谈判“塘沽协定”的外交活动，该协定保住北方此后4年之久的平静生活。蒋梦麟此举曾得到曹聚仁等新闻界人士高度赞誉，被评价为有担当有气节的大学校长。而后在三校合作的西南联大中，蒋低调行事，维护大局，隐忍为上。可是他的“我不管即是管”的态度，使北大一方的教员乃至学生对他不满失望的暗流生长起来，而他在寻求个人出路时的处事不当，终于导致1945年6月的“倒蒋迎胡（胡适）”风波，令他不得不黯然离别北大。看来，教授们的选择，决定了校长的命运。

梅贻琦最大的特点在于身上“官气”色彩淡薄，而温文尔雅学者风度外显，行事低调，待人谦和，像是一个被偶然放到校长位置上去的优秀教师。清华的教授们始终视他为圈内之人，少有隔膜和距离感。

早期清华校内素有“清华人治清华”的半公开规则，政府派来的非清华出身的罗家伦（北大）、吴南轩（复旦）履职先后大败而归——做一个让清华人内心服膺的校长，实非易事。梅贻琦属于“老清华”，十余年数理教师的经历，使得他日后的不少同事即是当年他教过的学生。他还是校内教授首次投票选举的教务长。不过，他迟迟没有进入人们选择校长的视野，直至校长风波屡屡发生、学校处于无校长状态时，有关方面才决定请他一试。孰料这“一试”，竟试出了一位“终身校长”。

早先清华文科的领军人物冯友兰认为，梅确有一套做校长的本领。校长首先需要处理好与教授的关系，那种趾高气扬、颐指气使的学府官僚势难长久。梅贻琦在清华并没有明确标举“教授治校”之类口号，而他的所作所为，却处处体现了这一基本精神。他曾说过：校长就是带着校役为教授们开会搬放凳子的人。即使在已取得相当办学成就的时候，在一片赞美声中，梅也不失冷静。不过，他绝非内心无主见、遇事无办法之人。在教授会或评议会上，教授因意见不同而争持不下的时候，在旁已静听许久的梅常能“片言而决”，令众人服膺而无异议。梅对于教授群体的依赖，并非出于某种所谓的“策略”，而是始终将自己与教授视为一体，甘苦与共，合力办校。此种心态，久而久之，全校上下均可感受得到，自然是秩序井然，人心平稳。

梅贻琦 1932 年出任清华大学校长，任内清华增建工学院，奠定了此后在西南联大的学科优势。西南联大时期，梅贻琦始终居于领导位置，任劳任怨，恪尽职守，进退有据。随着抗战结束，西南联大功德圆满，梅贻琦在教育史上的地位也由此确立起来。

（《作家文摘》总第 1267 期）

胡适与辜鸿铭的龃龉

·张耀杰·

老怪物辜鸿铭

1921年10月13日，胡适在日记中写道："夜间王彦祖先生邀吃饭，同席的有Demiéville and Monestier及辜鸿铭先生。许久不见这位老怪物了。今夜他谈的话最多；他最喜欢说笑话，也有很滑稽可喜的……"

这里的王彦祖，是胡适的一位老同学，1919年前后与胡适、辜鸿铭同为北大教授。Demiéville，即法国汉学家戴密微。Monestier，即法文《政闻报》的主笔莫内捷。当晚在场的除了人称"辜疯子"的辜鸿铭之外，还有人称"徐癫子"的徐墀等人。

据胡适回忆，当晚见面时，辜鸿铭握着他的手，用英语对两位法国人介绍说："这位是我的著名敌人！"此言一出，在场人等哄然大笑。

入座之后，戴密微的左边是辜鸿铭，右边是徐墀。用餐过程中，辜鸿铭突然拍一下戴密微说：“先生，你可要小心！”

戴密微忙问为什么，辜鸿铭回答：“因为你坐在辜疯子和徐癫子的中间！”

在场人等再一次哄然大笑。

辜鸿铭卖票

按照胡适的说法，辜鸿铭晚年最为得意的壮举是他在安福国会选举时的卖票故事。“这个故事我听他亲口讲过好几次了，每回他总添上一点新花样，这也是老年人说往事的普通毛病。安福部当权时，颁布了一个新的国会选举法，其中有一部分的参议员是须由一种中央通儒院票选的，凡国立大学教授，凡在国外大学得学位的，都有选举权。于是许多留学生有学士硕士博士文凭的，都有人来兜买。本人不必到场，自有人拿文凭去登记投票。据说当时的市价是每张文凭可卖二百元。辜鸿铭卖票的故事确是很有风趣的。”

接下来是胡适引用的辜鸿铭原话：“□□□来运动我投他一票，我说：‘我的文凭早就丢了。’他说：‘谁不认得你老人家？只要你亲自来投票，用不着文凭。’我说：‘人家卖两百块钱一票，我老辜至少要卖五百块。’他说：‘别人两百，你老人家三百。’我说：‘四百块，少一毛钱不来，还得先付现款，不要支票。’他要还价，我叫他滚出去。他只好说：‘四百块钱依你老人家。可是投票时务必请你到场。’选举的前一天，□□□果然把四百元钞票和选举入场证都带来了，还再三叮嘱我明天务必到场。等他走了，我立刻出门，赶下午的快车到了天津，把四百块钱全报效在一个姑娘的身上了。两天工夫，钱花光了，我才回北京来。□□□听说我回来了，赶到我家，大骂我无信义。我拿起一根棍子，指着那个留学生小政客，说：‘你瞎了眼睛，敢拿钱来买我！你也配讲信义！你给我滚出去！’那小子看见我的棍子，真个乖乖的逃出去了。”

“老怪物”辜鸿铭既有令人大笑的趣话，也有让人气短的怪话。王彦祖请吃饭的主要目的，是请中国朋友奉陪作为主客的法国汉学家戴密微和法文《政闻报》的主笔莫内捷，辜鸿铭却把两位法国朋友给得罪了：“先生们，不要见怪，我要说你们法国人真有点不害羞，怎么把一个文学博士的名誉学位送给徐世昌！我老辜向来佩服你们贵国，现在真丢尽了你们的脸了！你们要是送我老辜一个文学博士，也还不怎样丢人！”

两位法国客人听了辜鸿铭的话，很是不安。莫内捷脸红耳赤地替本国政府辩护了两句，辜鸿铭不等他把话说完，就驳斥道：“你别说了，我老辜得意的时候，你每天来看我，我开口说一句话，你就说：‘辜先生，您等一等。’你就连忙摸出铅笔和日记本子来，我说一句，你就记一句，一个字也不肯放过。现在我老辜倒霉了，你的影子也不上我门上来了。”

王彦祖见辜鸿铭开始闹场，只好提议宴会结束各自散去。

辜鸿铭“状告”胡适

胡适在《记辜鸿铭》里说“辜鸿铭向来反对我的主张，曾经用英文在杂志上驳我”，指的是辜鸿铭于 1919 年 7 月 12 日和 8 月 16 日，分别在上海英文刊物《密勒氏译论》发表的两篇英文文章：《反对中国文学革命》和《归国留学生与文学革命——读写能力和教育》。他嘲笑胡适以粗鄙的“留学生英语”鼓吹所谓“活文学”，最终结果只能导致大量“外表漂亮的道德上的矮子”。

作为回应，胡适在自己主编的1919年8月3日及27日的《每周评论》中，以“天风”的署名分别发表两篇标题为《辜鸿铭》的“随感录”，其中一篇写道：“现在的人看见辜鸿铭拖着辫子，谈着‘尊王大义’，一定以为他是向来顽固的。却不知辜鸿铭当初是最先剪辫子的人。后来人家谈革命了，他才把辫子留起来。辛亥革命时，他的辫子还没有养全，拖带着假发接的辫子，坐着马车乱跑，很出风头。这种心理很可研究。当初他是‘立异以为高’，如今竟是‘久假而不归’了。”

按照胡适的解释，“这段话是高而谦先生告诉我的，我深信高而谦先生不说谎话，所以我登在报上。那一期出版的一天，我在北京西车站同一个朋友吃晚饭，我忽然看见辜鸿铭先生同七八个人也在那里吃饭。我身边恰好带了一张《每周评论》，我就走过去，把报送给辜先生看。”

辜鸿铭当场对胡适说：“这段记事不很确实。我告诉你我剪辫子的故事。我的父亲送我出洋时，把我托给一位苏格兰教士，请他照管我。但他对我说：‘现在我完全托了布朗先生，你什么事都应该听他的话，只有两件事我要叮嘱你：第一，你不可进耶稣教；第二，你不可剪辫子。’我到了苏格兰，跟着我的保护人，过了许多时。每天出门，街上小孩子总跟着我叫喊：‘瞧呵，支那人的猪尾巴！’我想着父亲的教训，忍着侮辱，终不敢剪辫。那个冬天，我的保护人往伦敦去了，有一天晚上我去拜望一个女朋友。这个女朋友很顽皮，她拿起我的辫子来赏玩，说中国人的头发真黑得可爱。我看她的头发也是浅黑的，我就说：‘你要肯赏收，我就把辫子剪下来送给你。’她笑了，我就借了一把剪子，把我的辫子剪下来送给了她。这是我最初剪辫子的故事。”

等到饭后道别时，胡适走过去讨回那张《每周评论》，辜鸿铭站起来折成几叠，向衣袋里一插正告胡适：“密斯忒胡，你在报上毁谤了我，你要在报上向我正式道歉。你若不道歉，我要向法庭控告你。”

胡适忍不住笑着说：“辜先生，你说的话是开我玩笑，还是恐吓我？你要是恐吓我，请你先去告状；我要等法庭判决了才向你正式道歉。”

大半年后两人再次见面，胡适说：“辜先生，你告我的状子进去了没有？”辜正色说：“胡先生，我向来看得起你；可是你那段文字实在写得不好！”

（《作家文摘》总第1524期）

章太炎与吴稚晖的恩怨

·王 坚·

吴氏夜奔疑雾重重

1903年闰五月初，一群中西捕探持着拘票，冲进上海爱国学社。章太炎在客室正襟危坐，静候着他们，双方一打照面，他就指着自己的鼻子说："其他人都不在，要捉拿章炳麟，我就是。"言毕，从容就捕。邹容年少，定力不足，所以最后在章被捕那一天还是从后门逃走。但经章太炎入狱后"驰书劝之"，以大义相招，隔一日，邹容即自行投狱。这便是近代史上赫赫有名的上海《苏报》案。

就在章太炎被捕前一天，吴稚晖与章太炎一行五人到被捕探大闹之后的《苏报》馆，来问捕票上要拘拿之人的姓名。只见章太炎、邹容都赫然在内，也被列入清廷黑名单的吴稚晖却榜上无名。当时有人发问：是赶紧躲起来好，还是让他们捉了去好？章太炎听见这句话，两眼直视吴稚晖等。吴与之素有积怨，但一时不便说躲，于是只好“支吾其词”。章太炎当即扬长而去。吴这才大声说：我想，还是躲起来好。

约半个月后的一天早上，在上海虹桥一家石灰店楼上躲避多日的吴稚晖，终于悄悄登上英国太古公司的龙门号轮船，远走香港，随即转赴伦敦，后来又移居法国。

当时也并非只有吴稚晖一人有这个打算。他的与众不同，在于出事和逃跑之前，农历闰五月初二日，他与清廷查案专员俞明震有过一次单独的会见。闰五月十二日，章、邹等人被捕后，吴稚晖在探监时，将此事的前因后果全盘向他们道出。

原来，两江总督加派来的候补道员、办案专员俞明震，正是吴稚晖好友俞大纯之父。那日，俞大纯遣人约见吴，吴应约入门，才知是大纯之父俞明震托子之名相约前来。双方寒暄毕，俞即取出一件公文，上面赫然写着上谕，令俞明震会同上海道，拿办“逆犯”蔡元培、吴稚晖、章太炎、邹容等六人，“即行就地正法”。俞明震接着示意吴稚晖早日起程离开上海。

此次会见，与吴稚晖后来没有出现在要被拘拿的名单上有着莫大关系。但是，他没有想到，此事一经他自己口中说出，日后一系列的是非，便也由此惹出。

“吴妖怪”碰上“章疯子”

《苏报》案发，章太炎与吴稚晖两人关系彻底破裂。然而，两人之间的恩怨，却并非始自此次事变。

事情还得从中国教育会、爱国学社的成立，及其后来与《苏报》的合作谈起。

上海的革命志士蔡元培等于1902年4月发起中国教育会，表面办理教育，暗中却鼓吹革命。12月，中国教育会筹资创办爱国学社，由蔡元培出任总理，从日本归来的吴稚晖、章太炎也陆续来此，担任义务教员。

当时上海各大报如《申报》《新闻报》等，对革命党人的言说多持反对论调。于是吴稚晖提议，作为对抗，教育会和学社自己也必须有一份机关报。刚好创办于1896年的《苏报》当时刚由因教案被清廷革职的江西铅山前知县陈范接手，他心怀愤恨，所以在报纸上持论较为激烈；在有意与革命党人携手之后，更是在报纸上大唱排满兴汉的议论。

作为同事，章太炎与吴稚晖却很少有并肩作战的同志情谊。两人都天生一副稀奇个性，一个奇倔，一个古怪，两个以“骂人”著称的“名嘴”凑到一起，一开始就铆足劲拌上了。

要论“疯”劲，“章疯子”不必说，遐迩闻名；“吴妖怪”也不落后，他的名言之一，就是“有话直说，有屁直放”。吴氏骂人必到狗血喷头而后止。

吴稚晖的锋芒毕露和玩世不恭，在章太炎眼里，却显得鄙俗不堪，甚至是哗众取宠。吴稚晖大唱物质文明、科学救国论、进化论，鄙视国故，他曾在《箴洋八股化的理学》中这样抨击：“这国故的臭东西，他本同小老婆、吸鸦片相依为命。小老婆、吸鸦片，又同升官发财相依为命。国学大盛，政治无不腐败。因为孔孟老墨便是春秋战国乱世的产物，非再把他丢在茅厕里三十年……”作为国学大师，章太炎认为不整理国故，就做不出有根基的创新，对吴氏的妙论当然大为反感。所以两人虽然同在爱国学社，本来应该同仇敌忾，但实际上关系紧张，互相嘲笑詈骂之事时有发生。《苏报》案发后，章、吴两人彻底反目。

吴、章的书信争论

1905年4月3日，邹容病死狱中。1906年6月29日，章太炎出狱，再次流亡日本。1907年3月，为纪念邹容，章太炎在宫崎寅藏等人创办的《革命评论》第十号上发表《邹容传》。此文记述了《苏报》案发前后经过，在吴稚晖那里，一石激起千层浪。

《邹容传》责骂吴稚晖曾经依附权贵，仗势欺生，又尤其详细写了俞明震"召"见吴氏一事。其中，章太炎除了交代俞明震曾示意吴氏逃跑之外，还多写了一个细节，即吴稚晖曾从袖内拿出邹容的《革命军》与章著的《驳康有为论革命书》，并向俞明震献计策、进谗言："为首逆者，此二人（指章、邹两人）也。"

在法国的吴稚晖于当年冬天看到了这篇文章，次年1月，他写了一封回信反诘章太炎，问他传记中所记有关他会见俞明震一事有何根据。

章太炎不久即复信，并将其发表于《民报》。此信言辞口气极为严厉，对吴氏的人格做了彻底的否定。对吴氏的诋毁，章太炎也一并骂了回去。

双方关系一直紧张到清朝灭亡、民国建立。直到二次革命前夕，为了一致对外，才由与两人关系都甚好的章士钊出面，邀章、吴一起到他家赴宴。大家心照不宣，相互客客气气，旧事则一概不再重提。袁世凯倒台后，两人还在孙中山、李烈钧处一道议事。

（《作家文摘》总第1532期）

一生夹在政治与学术间

·黄雅诗·

傅斯年：从北大到台大

他没有写下任何一本教育理论的书籍，却是两间世界顶尖大学的校长；他接触过欧洲最新的史学理论，却没有以新理论特立独行，而是以“史学只是史料学”推着中国史学脚踏实地；他没有胡适、蔡元培的名闻遐迩，却是胡适的保护者、蔡元培的继承者；他没有鲁迅的激进、罗家伦的圆滑，却终生为了自由主义和学术独立奔走。他是脾气不好，却爱憎分明的傅斯年。

在混乱下先后整顿北京大学和台湾大学，在战争中支持庇护中央研究院历史语言研究所。在短暂的54年生命中，他像一个转动聚光灯的灯光师，把明亮耀眼的光线打在诸多学者身上，自己却在后面为他们烦恼柴米油盐，为他们的学术火焰添加薪柴。他是敢做敢当，却操劳过度的傅斯年。

“五四”游行的扛旗者

傅斯年一生为人称誉的事情很多，当他还在北京大学就读的时候，创办《新潮》杂志，又被推举为五四运动游行示威总领队。许多人听到五四运动只想到鲁迅、陈独秀、李大钊或胡适，其实走在队伍最前头、扛着大旗，领着学生队伍前往曹汝霖家的人，正是傅斯年。

如果问起引领傅斯年走入新文化运动的人，除胡适之外，再无他人。胡适开启的新思潮大门，对推崇章太炎的傅斯年来说，是人生和学术路上的重大转折。原本沉浸旧学的傅氏，在此之后转而支持新文化，并成为一员虎将，对此胡适功不可没，而受他影响颇深的傅斯年，则从未停止过维持人的角色。

当傅斯年接任史语所时，有记者前来采访，却被他赶了出去，原因是该报社刊登了骂胡适的文章。但凡有人骂胡适，傅斯年都会严词反驳，即使后来两人意见多有歧异（甚至一度绝交），他仍旧维护着这位亦师亦友的前辈。就连1950年9月（胡适赴美、傅氏赴台），胡思杜（胡适儿子）批评父亲是“人民的敌人”，其文章被港台及海外报刊引用，使得胡适十分难堪，傅斯年当月便投稿报纸，将舆论缓和下来。傅斯年一生夹在政治和学术之间，他几度接任职务，其实多与胡适有关。

如果把时间往前追溯，推算那位让傅斯年站在队伍前面的人，便会看见蔡元培的身影。作为北大校长，蔡元培并非一开始就知道傅斯年，而是在他创办《新潮》之后，才开始着意培养。由于杂志一出版，便获得社会各方的共鸣，引起当局关切。在北洋政府总统

(徐世昌)、国会和教育部的庞大压力下，蔡元培力排众议，甚至还写信给当时的教育部部长（傅增湘），希望他能支持大学兼容并包的精神。由于蔡校长的一力庇护和支持，傅斯年等人能够以实际行动表达爱国心，针砭时弊，也才引导出后面的五四运动。

战火后的大学

傅斯年卓越精练的行政能力，是受到当时众人所推许的。1928年，他筹办中研院史语所，此后22年里，没有一日卸下这个职称；1945年，他接任北京大学代理校长，仅用一年时间，便把即将展翅的综合性大学，交给校长胡适；1949年，他就任台湾大学校长，两年的宵衣旰食，整顿了学校制度和繁杂校务。对傅斯年来说，史语所是“精心雕塑的一部学术精品”，北大是他的母校，而台大则是他未完成的理想。

交到傅斯年手上的两间大学，都是在日本退出之后，教师缺乏、学生良莠不齐、制度混乱，兼以声名狼藉。傅斯年并非教育学家，更没有系统地接受教育领导的训练，但他一眼便看出问题本质：“学校的好不好，糟不糟，只是一句话，人才集不集中。”从制度下手，他加强考试规范，订立选课制度；从师资下手，他请来史语所的学者，也找来昔日同学；从学生下手，他改建宿舍，厘清校产问题。对于改革，傅斯年大刀阔斧，用人唯才。他曾说教育部长写的介绍信，跟个人自己写的信，分量相同。他也曾经在台大校长室门外，贴上“有为子女入学说项者，请免开尊口”的纸条。

出生于光绪二十二年（1896),《马关条约》签订的第二年，死于1950年，新中国建立的第二年，傅斯年看着也经历着，中国这艘船在一波又一波，充满硝烟味的惊涛骇浪中行驶。他那一代人最迫切关心的问题，便是如何将这艘漏洞百出的船，逐渐而迅速地，驶向先进强大的西方。早一代的梁启超提出的文学路线（用小说启迪民智），已经不适用，到了傅斯年的时代，纠正“中国人的散沙性”才是快捷方式，而教育正是最好的方法。

傅斯年曾说蔡元培具备两种伟大文化的特质：“一是中国传统圣师之修养，一是法兰西革命中标揭自由平等博爱之理想。”深受感召的他，其实也用自己的生命演绎出了这句评价，更把它运用到办学之中。傅斯年在台大时坚持用《孟子》《史记》作为大一教材，在四六学运（警察闯进校园带走领导运动的台大学生）时，他保护学生，一如当年蔡校长对他的保护。

敦品励学，爱国爱人

傅斯年曾对胡适说：“我们在思想方面完全是西洋化了，但在安身立命之处，我们仍旧是传统的中国人。”早年抨击传统，晚年又回到传统，看似前提矛盾，还多绕了一大圈路的傅斯年，其实只有一个出发点：爱国。曾有人问傅斯年对时局的看法，他回答：“没有看法，只有做法，只有我们如何努力。”为此，他奉献了一辈子。

早年在家里接受传统教育，年轻时到了北大，一直以“思想自由”“兼容并包”为特色的校园中，接受胡适的熏陶，又到欧洲留学七年。傅斯年身处传统与现代的交叉点，作为五四运动的发起人之一，向来直言敢做的他，把这些精神都带到了台大。在1949年11月15日的台湾大学第四次校庆演说《贡献大学于宇宙的精神》中，傅斯年提到了自己对于台大的希冀：“台湾大学应该以寻求真理为目的，以人类尊严为人格，以扩充知识、利用天然、增厚民生为工作的目标。”关于校训，他给四个词：“敦品，励学，爱国，爱人”。

他也许没有蔡元培的宽厚、胡适的教仁，但他追求自由平等甚于蔡，坚定不移甚于胡。

（《作家文摘》总第1533期）

金岳霖的魏晋风度

·王开林·

有些人城府深，门禁严，大门之内还有二门，二门之内还有三门。金岳霖特别单纯，他不功利，也不势利，是著名的老顽童。

少年时，赶上辛亥革命，他兴冲冲地剪掉辫子，意犹未尽，又仿照崔颢的《黄鹤楼》作打油诗一首："辫子已随前清去，此地空余和尚头。辫子一去不复返，此头千载光溜溜。"谐诗流出，立刻传为闾巷笑谈。

梅贻琦校长外出时，清华校务由陈岱孙代理。某日，金岳霖内急，发觉手纸已经用光，于是他起草一张字条，向陈岱孙求救："伏以台端坐镇，校长无北顾之忧；留守得人，同事感追随之便。兹有求者，我没有黄草纸了，请赐一张，交由刘顺带到厕所，鄙人到那里坐殿去也。"这就是魏晋名士的派头，连俗事也可捯饬得风雅绝伦。

金岳霖终身未婚，朋友们的孩子都叫他"金爸"。他喜欢搜罗大个头水果，比如雪花梨、苹果、橙、柚、石榴，将它们摆在书案上，或拿去跟孩子们比赛，这种较量往往要拉锯多个回合。好一位独孤求败，输了比赢更开心。在书房里他收藏着“水果状元”，谁能吃到它，谁就是得意门生。

金岳霖有个规矩和习惯：上午不见客，不干其他事务，集中精力读书写字。构思时，他静坐冥想，仿佛老僧入定，红尘俗务不复萦怀。有一次，那群“惊弓之鸟”因空袭警报都跑出去了，他却窝在宿舍里，浑然未觉，岿然不动。待警报解除，大家奔回废墟寻人，竟发现他提笔而立，呆若木鸡，浑身都是尘土。

金岳霖讲课，不带讲义，只带粉笔，但十有八九黑板上不著一字。他的课学生爱听，大教室座无虚席。他喜欢提问，西南联大没有点名册，他就想出奇招：“今天，穿红毛衣的女同学回答问题。”将令一下，所有穿红衣的女同学都会深呼吸，既忐忑，又光荣。

沈从文教语体文写作，主动为青年弟子开“小灶”，将金岳霖拉去讲“小说和哲学”。大家仰颈翘盼金先生讲出一番精深的道理来。不料他迂回曲折地讲了半天，结论仍是“小说和哲学没有关系”。有人纳闷，问道：“《红楼梦》算不算一个例外？”他说：“《红楼梦》里的哲学不是哲学。”说话间，他突然停顿下来，把右手伸进后脖颈，捉出一只跳蚤，捏在指间，细细打量，那神情比京城名捕逮住钦犯还要得意。

钱端升教授的夫人陈公蕙有一句趣谈：“那个老金呀，早年的事情是近代史，现在的事情是古代史。”金岳霖能够将昆明大观楼的长联倒背如流，却经常忘记自己的姓名。有一回，他给老友陶孟和打电话，接通后，陶家用人问道：“您哪儿？”金岳霖答不上来，就回答：“你别管我是谁，找陶先生说话就行。”不料陶家用人跟他较真，不报姓名不通融。金岳霖无奈，只好回头问自己的车夫王喜，王喜摸了摸后脑勺，替他理出头绪来：“只听见人家叫金博士。”一个“金”字点醒梦中人，他又恍然记起了自己的名字。

金岳霖是单身汉，拿着一级教授的高工资，他乐得资助学生和朋友。乔冠华到德国留学，金岳霖资助几百块大洋，乔冠华至死都感念他的再造之恩。抗战期间，米珠薪桂，“教授教授，越教越瘦”。某日清晨，张奚若的夫人发现椅子上放着一沓钞票，她很惊讶，这么多钱是哪位客人不小心遗下的？张奚若回想之后，立刻断定“这是老金干的好事”。

晚年，金岳霖体弱多病，常赴协和就医。革命小将不准他乘坐汽车，他就屈就平板三轮车，自携小马扎，身穿长棉袍，任人慢慢悠悠一路蹬过去。他觉得蛮好玩，并不感到憋屈和难受。

多年后，冯友兰在《怀念金岳霖先生》一文中写道：“金先生的风度很像魏晋大玄学家嵇康。嵇康的特点是‘越名教而任自然’，天真烂漫，率性而行；思想清楚，逻辑性强；欣赏艺术，审美感高……金先生的著作，我们可以继续研究，金先生的风度是不能再见了。”

赤子和名士，在金岳霖身上实现了无缝结合，他的可爱是公认的。

（《作家文摘》总第1712期）

陈寅恪的幽默

·李兴濂·

“一生负气成今日，四海无人对夕阳”的陈寅恪给人的印象往往是才高气傲。其实，他也有风趣和幽默的一面。1925年，陈寅恪进入刚刚创立的清华国学研究院，与王国维、梁启超、赵元任成为四导师之一。当时的清华，人才济济。陈寅恪在院中是最年轻的导师。他讲课，不是机械地照本宣科，而是旁通文史哲等人文学科，并且庄谐杂陈。据说，他讲唐史，就不从大的历史事件开始，而是从杨贵妃入宫时是不是处女入手，由此引出唐代的风俗观和道德观。还有一次，他忽然对在座的学生说：“我有个对联送给你们：南海圣人再传弟子，大清皇帝同学少年。”意指你们既然是梁、王的学生，也就是南海圣人的再传弟子、溥仪的同学。同学们听罢，如沐春风、喜不自禁。因为当时国学院的导师梁启超是康有为的弟子，南海是康有为的籍贯，而另一导师王国维曾做过清朝末代皇帝溥仪的老师。

陈寅恪在出考试题的时候，也不妨幽它一默。1932年夏，清华大学中文系招收新生。陈寅恪应系主任刘文典之邀出考题。他出的题目非常简单。考题除了一篇命题作文，便是只要求考生对个对子，对子的上联仅有三个字：孙行者。陈寅恪觉得，用这个简单的方法可以考查学生是否领悟了中国传统语文的真正特色。陈寅恪拟定的标准答案是“王引之”“祖冲之”。一个考生给“孙行者”对出的下联是“胡适之”，用的是当时最时髦的人物胡适的名字，颇为贴切。陈先生看了这副对联后就说：“这个考生一定要录取。”这个考生就是后来大名鼎鼎的北大中文系教授周祖谟。

吴宓在出国之前曾结过婚，但在回国后又喜欢上了一代才女毛彦文，并为此而跟结发妻子离婚。但即使在离婚后，吴宓的前妻仍然替他抚养孩子。为了追求毛彦文，吴宓曾写下过“吴宓苦恋毛彦文，三洲人士共知闻”的诗句，引起一时轰动。但后来毛彦文拒绝了他，嫁给了比自己大30岁的熊希龄。陈寅恪对好友的如此处境也戏撰了一联：“今雨不来旧雨往，他生未卜此生休。”上联化用了杜甫《秋述》一文中的句子：“常时车马之客，旧雨来，今雨不来。”下文则直接引自李商隐的《马嵬》诗。其中今雨代指毛彦文，旧雨代指吴之发妻。并在两联中嵌入了吴宓的字（吴宓字雨生）。全联幽默诙谐，但又对好友有所劝谏。

陈寅恪的“幽默”还往往见诸他的诗文当中。他的父亲是民国著名诗人陈三立，因为家学的缘故，陈寅恪也喜欢写诗。在他的诗中，也屡见诙谐之笔，如1930年，他曾作《阅报戏作二绝》，其一云：“弦箭文章苦未休，权门奔走喘吴牛。自由共道文人笔，最是文人不自由。”其二曰：“石头记中刘姥姥，水浒传里王婆婆。他日为君作佳传，未知真与谁同科。”陈寅恪有感于当时文人奔走于权贵之门，而丧失了自己的人格，故戏作二绝句以为讽刺。

建国后，陈寅恪任教于岭南大学。当时岭南大学的校长是陈序经。陈序经在20世纪30年代时以鼓吹“全盘西化”而著称，曾一度与胡适齐名。据陆键东的《陈寅恪的最后二十年》记载，陈寅恪也屡次幽他的同姓校长一默。据传某次，二陈同乘一辆车进城，恰巧走到一地需要倒车才能通过，陈寅恪就打趣陈序经道：“陈校长，快捷如小车有时也要倒倒车才能跑得快，你的‘全盘西化’怕也要倒倒车了。”陈序经闻言后付之一笑。另外，陈寅恪留学西方近二十年，早已养成了吃面包喝牛奶的习惯，而陈序经吃饭仍习惯用筷子，所以在某次同席吃饭时，陈寅恪仍不忘打趣自己的校长，他说：“陈校长，你的‘全盘西化’是假的，我的‘全盘西化’才是真的。”同席的人听完后不禁捧腹大笑。从陈寅恪的“幽默”中，能看出其对待人生的态度。北大教授周一良先生就曾说过，从先生对联中，能看出先生的诗人气质。

（《作家文摘》总第1717期）

钱玄同给鲁迅"画像"

·任仲然·

民国时期有两种反差相当大的现象：一种现象是政治黑暗军阀混战，争斗得死去活来；另一种现象是大师云集星光璀璨，高度活跃的学术争鸣结出了累累硕果。

在大师的队伍中有一对关系特殊的人物，那就是鲁迅和钱玄同，他们不但是浙江老乡，而且在日本留学时均为章太炎的学生。两人回国后，在与反封建复辟的保卫战中共同点颇多，尤其是《新青年》为他们提供了向旧势力猛烈开火的高地，两人一并成为坚守革命精神毫不妥协的斗士。

在鲁迅从文学青年向革命斗士转向过程中，钱玄同既是参与者又是促进者，从帮助引领到后来形同路人，其史料确有进一步发掘的必要。那个时候，鲁迅祭起的是文学革命大旗，钱玄同扬起的是文字革命风帆，一字之差，只是侧重点的差异，实质没有多大区别。两位大师各怀奇才，一度几近旗鼓相当，但后来鲁迅头上的光环太亮，而钱玄同身上的学究气太浓，由此两人的历史命运也就大大不同了。

有意思的是，钱玄同虽然年长而体弱，但有机会在鲁迅去世后，追忆和略评这位文学革命旗手的功绩及瑕疵。五味杂陈其中，老乡情同学情有之，对其学问的敬佩有之，志不同道不合也有之。娓娓道来的平实语言，多少流露出些许怨气，丝毫没有盖棺定论的“好话大全”，只有切身的感受和理性的点评，两位大师间的微妙关系跃然纸上。

老乡老同学的片段片语片评，或许不会十分的全面，但钱玄同却有意无意地给鲁迅画出了一幅最为逼真的像。随着时间的推移，这幅画像不但没有褪色，反而更加栩栩如生，更加真实可信。

钱玄同无愧于文章大家，看似笔端的轻描淡写，其实很是灵性的匠心独具，画起鲁迅的像不但带着素朴的真诚，而且也是留有几分谨慎小心。他先从多年与鲁迅交往中那些活生生、真切切的细微情节开始，以事评人，评人说事，事中蕴理，从具体到抽象，从感觉到评价，生成了有血有肉、有对有错、有褒有贬的“真人实像”。

在讲故事的过程中，钱玄同对鲁迅译著的评价是：“思想超卓，文章渊懿，取材谨严，翻译忠实，故造句选辞，十分矜慎。”对鲁迅文章的评价是：“斥那时浅薄新党之俗论，极多胜义。”对鲁迅著作的评价是：“条理明晰，论断精当”“实可佩服”。并对鲁迅在北平女师大“三一八”惨案中站在学生一边给予毫不保留的敬佩。

接着钱玄同讲了个小故事，不经意地把鲁迅的另一面描摹出来。

有一次，钱玄同和鲁迅在一个聚会上见面，他看到鲁迅的名片写的是“周豫才”，就打趣地说了一句：“你的名字还是三个字。”鲁迅顿时就沉不住气了，愤愤然地答道：“我的名字从来没有改，不像有的人名字两个字、四个字。”如此不友好的话，指向是很具体的，但问题并不在于名字到底有几个字，而是在于张口就说斗气的话，这多少反映出鲁迅的心胸和气量还是有些问题。

钱玄同是个真话直说的人，不太顾及某人是伟大还是平凡。他叙述完这个小故事，然后接着评价了鲁迅的长处，但也不客气地点出了他的不足。

钱玄同用故事画的鲁迅像，轮廓是清晰的，光彩是照人的，但也粗线条地勾勒出了鲁迅身上的三道疤痕。

第一道疤痕是多疑。鲁迅的性格属于过度敏感型的，对人的多疑、对事的多疑亦是难免。某种程度上，多疑也有好的一面，比如鲁迅对一些事情的高度敏感性，以致能写出敏锐的文章。不应该的是，鲁迅对朋友的多疑，为钱玄同所不认同。

第二道疤痕是轻信。与很多名人一样，鲁迅的轻信在于他喜欢听别人说好话，从另一个角度说是特别听不得别人对他的批评，哪怕是隐隐约约的一点建议性批评。对同志及朋友的批评也不例外，某种程度上他更需要的是青年崇拜和一呼百应。钱玄同显然看不上鲁迅的这一点。

第三道疤痕是迁怒。鲁迅的性格爱憎分明，斗争的原则性不容置疑，当然迁怒也是出了名的。迁怒无论多么正确，都是感性过旺而理性不足的表现。对坏人恶人也许应该迁怒，但见到不同的观点就迁怒那就有些不对了。钱玄同不赞成鲁迅迁怒的做法，并对其接人待物的迁怒表示反感。

以上确实是鲁迅的三条软肋。钱玄同不但讲了故事，而且还点了穴位，事事有据，句句在理。多疑、轻信、迁怒，实在是鲁迅固有的难以克服的个性弱点。当然假如不是这样，那他就不是鲁迅了。

正因为如此，其他人包括钱玄同才无法代替鲁迅，而钱玄同故事中的鲁迅也才是一个更加真实的鲁迅。

（《作家文摘》总第1738期）

民国学术圈的“里子”

·袁一丹·

王家卫导演的电影《一代宗师》里有句台词说：“人这辈子，有的人活成了面子，有的人成了里子，能耐是其次的。”套用这个说法，在学术圈里，人们往往只盯着光鲜亮丽的“面子”，而看不见躲在幕后，真正起作用的“里子”。对于民国时期的学院政治而言，蔡元培、胡适、蒋梦麟这些人，当然是台面上的人物；而汤尔和则属于“里子”型的角色。

曾任教于北大的沈尹默晚年回忆说，蔡元培是旧中国一个道地的知识分子，对政治不感兴趣，无权位欲，因书生气太重，一生受人“包围”：民元教育部时代，受商务印书馆张元济等人包围；到北大初期，受二马（幼渔、叔平）、二沈（尹默、兼士）、钱玄同、刘半农及周氏兄弟包围，亦即所谓“某籍某系”；后至中央研究院时代，又受胡适、傅斯年等人包围，死而后已。在这几重包围圈中，汤尔和对蔡元培的影响力不容小觑，尤其是在一些关系出处进退的关节点上，如蔡元培执掌北大，陈独秀应邀担任北大文科学长又因私德问题被解聘，“五四”后蔡元培离职，蒋梦麟接任北大校长。这一系列对现代中国学术思潮影响深远的事件，多少与汤尔和这层“里子”脱不了干系。

而“里子”与“面子”的区别，若以胡适与汤尔和作比较，两人均出入于学与政之间，前者凭文学革命之势暴得大名，可以说是一辈子活在金鱼缸中的公众人物，深知自己的一言一行都牵引着时人的目光；而被视为“策士”“谋客”的汤尔和，虽历任国立北京医专校长、教育次长、教育总长、财政厅长兼盐务署督办、俄国庚款委员、东北边防军司令长官公署参议等职，其在民国学术史、教育史、政治史上却更像是影子般的存在。很少在公众场合听见他的声音，只有在某些关键时刻，从局中者的事后追述或书信、日记这类材料中，间或能窥见他的身影。不过时机一到，不甘寂寞的“里子”也会翻过来充当“面子”，如1937年北平沦陷后，汤尔和在华北文教界扮演的角色。而这段与日伪合作的经历，使汤尔和成为有污点的“里子”，极少被人提及。

汤尔和为何甘愿做“里子”？或许归因于他对“政治”的理解。在1937年《舆论周刊》的创刊词中，汤尔和宣称自己本不愿谈政治，作为一个“外行”，他以为“谈政治，第一要知道事实，事实就是内幕”。政治这样东西，在汤尔和看来，外表冠冕堂皇，煞有介事，一旦掀开内幕，真是说不得，所以他坚信“政治是龌龊东西，政治生活是下流职业”。在“我的朋友胡适之”四十大寿之际，汤尔和送了一副对联：“何必与人谈政治，不如为我做文章”，借此表明自己“不谈政治”的姿态。表面上看，汤尔和好像与胡适一样都患有某种政治上的“洁癖”，但这种“洁癖”背后的政治观却大不相同。王宠惠内阁下台后，汤尔和曾对胡适说：

我劝你不要谈政治了罢。从前我读你们的时评，也未尝不觉得有点道理；及至我到了政府里面去看看，原来全不是那么一回事！你们说的话，几乎没有一句搔着痒处的。你们说的是一个世界，我们走的又是一个世界。

此时以《努力周报》为阵地，热衷于谈政治的胡适并没有接受汤尔和的“忠告”。谈政治的人不免有一种“妄想”，明知说的和行的是两个世界，但总想把这两个世界拉拢一点，让“事实”逐渐靠近“理论”。这是胡适——不愿掺和现实政治的舆论家——的信念。

正因为汤尔和将政治等同于事实，又把事实等同于内幕，所以才甘做幕后的操控者。汤尔和固然不是在官场中打滚的职业政客，在民国政坛上只能算一个串场的“票友”，但他也不愿做隔靴搔痒的学者型政论家。按照汤氏“碰壁”后的经验之谈：

政治这样东西，拿衣裳来比喻，它绝不是一件单衣，乃是有表有里，并且表里之间还夹着棉花，或者是丝绵、驼绒等等，你如光看表面，直等于痴人说梦。

这番甘苦之言，或许道出汤尔和在民国政坛及学术风潮中宁愿充当“里子”的内情。

（《作家文摘》总第1832期）

林语堂与鲁迅的意气之争

·朴 素·

林语堂初到北京大学时，当时北大的教授已经形成两派，一派是周氏兄弟为首，另一派以胡适为代表。应该说林语堂与周氏兄弟在最初是非常好的盟友，相知甚深。尽管林语堂与胡适有极为相近的思想和个人情谊，但他却站在了鲁迅的旗下。1924 年 11 月，《语丝》创刊，鲁迅和周作人做了语丝派的首领。长期撰稿人除鲁迅外，尚有周作人、林语堂、俞平伯、冯文炳、川岛等，钱玄同、胡适、顾颉刚、徐志摩、孙伏园等也在该刊上发表过不少文字。这些文学界大家巨擘支撑着《语丝》，尽管他们的思想倾向、学术风格并不一致，但他们的文章“任意而谈，无所顾忌，要催促新的产生，对于有害于新的旧物，则竭力加以排击”。

不久，1924 年 12 月 13 日，以胡适为领袖的《现代评论》周刊也创刊，是一部分曾经留学欧美的大学教授创办的同人刊物，署“现代评论社”编，实际由陈源、徐志摩等编辑，现代评论社出版发行，主要撰稿人有王世杰、高一涵、胡适、陈源、徐志摩、唐有壬等，出至1928年12月29日终刊，一共出版209期。

林语堂在当时是极为活跃的，不但大量撰稿，放谈政治，而且亲身参加了“首都革命”的政治斗争。1925年11月28日和29日，他走上街头，拿竹竿和砖石，与学生一起，直接和军警搏斗，把他投掷垒球的技术也都用上了。这一次搏斗，给林语堂的眉头留下一个伤疤。当他每讲起这一件事时，总是眉飞色舞，感到自豪。后来，他干脆做起《祝土匪》的文章，以生于草莽，死于草莽的“土匪”自居。他说：“言论界，依中国今日此刻此地情形，非有些土匪傻子来说话不可。”学者只要脸面，“而去真理一万八千里之遥。说不定将来学者反得让我们土匪做”。1925年12月5日和6日，这在鲁迅和林语堂交往中，是值得记忆的日子。这两天，鲁迅两次主动地给林语堂写了两封信。因为鲁迅参加了语丝社，又领导着莽原社，他向林语堂写信约稿。接着是林语堂的复信和交稿，这就是两人“相得”的开始。

后来林语堂与鲁迅都避居上海以写作为生时，矛盾爆发了。同以文字生活，鲁迅直面惨淡的人生，把文学当作“匕首”和“投枪”，刺向敌人。林语堂则是借助幽默，表现性灵闲适，曲折地表示自己的不满，他认为：“愈是空泛的，笼统的社会讽刺及人生讽刺，其情调自然愈深远，而愈近于幽默本色。”然而鲁迅却不这么看，鲁迅认为在反动派屠刀下，没有幽默可言。在血与火的斗争中，鲁迅无畏地宣称：“只要我活着，就要拿起笔，去回敬他们的手枪。”其实这是人生的两种选择，说不上谁对谁错。

1929年8月28日，“南云楼风波”使得鲁迅与林语堂因误会而疏远了。鲁迅在他日记里说：“二十八日……晚霁。小峰来，并送来纸版，由达夫、矛尘作证，计算收回费用五百四十八元五角。同赴南云楼晚餐。席上又有杨骚、语堂及夫人、衣萍、曙天，席将终，林语堂语含讥刺。直斥之，彼亦争持，鄙相悉现。”另一个当事人林语堂，40年后作《忆鲁迅》一文说：“有一回，我几乎跟他闹翻了。事情是小之又小。是鲁迅神经过敏所至。那时有一位青年作家……他是大不满于北新书店的老板李小峰，说他对作者欠账不还等等。他自己要好好的做。我也说了附和的话，不想鲁迅疑心我在说他。……他是多心，我是无猜。两人对视像一对雄鸡一样，对了足足两分钟。幸亏郁达夫作和事佬。几位在座女人都觉得‘无趣’。这样一场小风波，也就安然流过了。”

“和事佬”郁达夫在《回忆鲁迅》中，明确指出，这是“因误解而起正面的冲突”。当时，鲁迅有了酒意，“脸色发青，从座位上站了起来”，“一半也疑心语堂在责备这第三者的话，是对鲁迅的讥刺”。林语堂也起身申辩，空气十分紧张，郁达夫一面按鲁迅坐下，一面拉林语堂夫妇走下楼去。郁达夫的结论说：“这事当然是两方面的误解，后来鲁迅原也明白了，他和语堂之间是有过一次和解的。”

然而有了误会，林语堂与鲁迅的关系就不可能像从前那样融洽了，可要知道鲁迅是主张“一个也不宽恕”的。另外，随着林语堂“幽默大师”的名声越来越响，这让鲁迅更加反感，“以我的微力，是拉他不来的”，对他不再抱任何希望了，于是乎加紧了对林语堂的批判，先后写了《骂杀和捧杀》《读书忌》《病后杂谈》《论俗人应避雅人》《隐士》等。其中1935年4月20日刊于《太白》上的《天生蛮性》，全文只有三句话：辜鸿铭先生赞小脚；郑孝胥先生讲王道；林语堂先生谈性灵。把林语堂与前清遗老和伪满大臣相提并论，足见鲁迅对其厌恶之深。但是林语堂对自己的文艺观点也确信不疑，声称“欲据牛角尖负隅以终身”，同时写了《作文与作人》《我不敢再游杭》《今文八弊》等文章来回敬反对者。

后世论者一般都站在鲁迅这一边，对林语堂大加挞伐。这时讲究的是二分法，好坏分明。鲁迅先生自然是好人一方了。于是乎被好人鲁迅骂过的人必定不是什么好人，而与鲁迅这样伟大的好人论战，对方自然也就是坏人了。然而世间的事又不是那样清楚明白的，鲁迅的笔战中常常有一些因误会、意气用事和个人恩怨引发的争论，这些争论认真说起来，其责任鲁迅倒是要承担一些的。譬如广东的学者胡文辉先生就写过一篇考证文章《鸟头与红鼻》，其文指出在鲁迅与顾颉刚的论战中，鲁迅多次在书信和小说中挖苦顾的生理缺陷这些失德之事。这固然无损鲁迅的伟大，却也证明了人性的某种弱点，再伟大的人物也不例外。

（《作家文摘》总第1833期）

傅斯年打虎记

·范福潮·

抗战爆发后，枪杆子虽紧握在蒋氏手中，钱袋子却牢牢抓在孔祥熙、宋子文手里。孔、宋龃龉，明争暗斗，但孔氏总占上风，把持财权的年头比宋要长得多。抗战期间，从1938年至1939年，孔任行政院院长，1939年底至1945年，任行政院副院长兼财政部长，在此期间，仍兼中央银行等多家金融机构要职。孔氏长期利用职权，营私舞弊，纵容子女，投机敛财，美英等国报刊亦群起攻之，在国内外恶名昭彰。当时任中央研究院史语所所长、国民参政会参政员的傅斯年对此义愤填膺，公开向孔宋宣战。

屡次向蒋介石上书

1938年6月20日，傅斯年在给胡适的信中说："唉！政治！政治的第一现象是familyclique（家族集团），势力与日俱增……"在此之前，他已向蒋介石告过孔的状，"此信为肥贼所见，于是在财政部大闹三日，在国防最高会议大骂研究院，弄得汉口（当时政府在汉口——作者注）遍知，人人称快，而无人敢继我而起——中国人只是打死老虎的。”他向胡适透露了正拟实施的打虎计划：“我已经写了好几封信到汉口去，又准于本星期日前往，以便有所布置，而做拼命之大举。故目下之战果不是告状了，而是决战（正在准备中）。”

过了20多天，傅斯年向蒋介石呈上密信，从才能、信望、用人、友邦观感、私德家风五个方面历数孔祥熙德不配位。

又过了两个多月，战局急转直下，武汉撤退，广州不守，人心动摇，为国忧心的傅斯年与左舜生、钱端升等52人致书蒋介石，严斥行政院长种种失职行为，“论财政则筹款、借款每有贻误，只取坐吃山空之办法，致失时机。所有因迟缓、疏忽、懈怠以及人事纠纷而召至之损失，不可不归咎人之不称职也”。

三次上书，孔氏岿然不动。1939年冬，傅斯年再向蒋上书：“孔院长之实任院长，在国人心理中深感失望。”在信中，他引用时人评价孔氏的话“若孔氏者，非贪污腐败之结晶乎？”并说，“且此评价不特在一般民众中为然，即文武百僚，亦多心怀此意，私下议论，而不敢昌言耳。”

1939年12月，蒋介石亲自兼行政院长，孔氏回任副院长，但仍兼财政部、中央银行等职，财权还在其手中。面对难以根除的家族政治局面，傅斯年深感无奈，知道私下向蒋上书，不会有太大的效用，便鼓足勇气，寻找时机，公开向孔氏挑战。

1944年9月，傅斯年在国民参政会第三届第四次大会上，就“孔兼部长办有祥记公司”“孔副院长向中央各银行职员分送黄金储蓄券”等事，提出4条口头质询，但均遭当事人的狡辩与敷衍，不了了之。

愤怒的傅斯年给蒋介石写了一封6000多字的长信，建议“彻底禁止官吏及其家属兼营商业”。不久，国民政府局部改组，部分官员更易，但孔氏继续留任行政院副院长，傅斯年大失所望。

找到舞弊案的证据

功夫不负有心人，屡败屡战的傅斯年终于找到了孔祥熙等人参与中央银行国库局舞弊案的证据。

1942年5月，财政部从美国政府5亿美金贷款中拿出1亿，发行“民国三十一年同盟胜利美金公债”，中央银行按每6美金兑换100元法币的价格向公众出售，年息4厘，每半年付息一次，自1944年还本，10年还清，在此之后的折合率由财政部于发行日公告，到期后，按票面额兑付美金。

头一年，美金公债发行得并不好，后方百姓挣扎在贫困线上，生计无着，哪有钱买公债？而官僚巨商则忙着抢购物资，囤积谋利，看不上公债那点利息。但到了1943年春天，通货膨胀加剧，美金黑市汇率大涨，6月底1美元兑换法币59.07元，以后美金官方汇率与黑市的差价逐月增大，购买美金公债变得有利可图，到了10月，央行即说美金公债已经售罄。但随之传闻载道，纷说孔祥熙及其亲信私分了未售出的美金公债，并以高出原价数倍的价格抛售，大赚特赚。

1945年7月，傅斯年在国民参政会第四届第一次大会上提出口头质询，要求彻查中央银行涉案人。7月15日，经一位老友牵线搭桥，他见到了中央银行国库局的两位“深喉”，拿到了孔的亲信、中央银行国库局局长吕咸签呈的抄本和照片，以及4份国库局的账页，接触到了这桩弊案的冰山一角。

蒋介石密令财政部调查

其实，傅斯年只拿到涉及此案的部分证据，他对蒋介石早已在秘密调查此案的情况并不了解。在傅斯年在参政会上提出口头质询之前，1944年底，蒋介石免去孔祥熙的财政部长职务，任命新任财政部长俞鸿钧调查此案。1945年4月5日，俞鸿钧将吕咸的两次呈文和孔祥熙的亲笔批示等附件随调查报告上报。至此，案情渐白：

A.1943年3次拨交中央信托局预购户751余万元，其中，该局下属4个单位分别认购保管400万元，该局同仁奉准认购101余万元，“奉孔理事长谕”售给“宋公嘉树教育基金”等6户慈善团体250万元（这些基金多是孔氏夫妇创立）；

B.1944年2月15日付出债票350余万元，实系吕咸密签奉孔祥熙批示交中央银行业务局收账，账面记为“拨付预售票”；

C.1944年6月3日列收美金公债765余万元；

D.1943年10月15日美金公债停售之前4天，奉孔祥熙批准拨交德生公司等客户（共51户）预购债券1660余万元。这一笔疑点最大，俞鸿钧在报告中说：“上项债券虽经付账，但并未由各预购户出具收到债券之收据，究竟各户是否收到，无凭查核，且预购时并无任何凭证或登记手续可查，各预购户虽有户名，但均未留有地址，无从稽考。”

4月8日，蒋介石阅罢报告，当天即向财政部下达处理意见，并把调查结果告知在美国的孔祥熙。谁知他拒不承认，蒋十分恼火，在日记中写道，“接庸之电，令人烦闷，痛苦不知所止”，他深知此案牵涉孔宋家族，金额巨大，民愤滔天，但如何处理，十分棘手，只得先与孔双双辞去行政院正副院长，再促孔回国，当面质问。

7月8日，孔祥熙回国。正巧这一天国民参政会在重庆开幕，傅斯年等参政员联署议案在大会上揭发此事，并表示愿与当事人对簿公堂。陈布雷（蒋介石侍从室主任）和王世杰（国民参政会秘书长）闻讯，劝傅斯年向蒋上书报告此案，不要公开揭露，以顾及政府声誉，但他不为所动。

迫于社会舆论和国民党内不同派系的批评，蒋介石逼孔辞去中央银行总裁，要求追缴其非法所得，8月6日，再令主计长陈其采和俞鸿钧"切实密查具报"。但陈、俞揣摩上情，避重就轻，调查报告只谈傅斯年揭露的1150余万美金债券问题，而于关键的1660余万美金债券"预购户"的真正买主究竟是谁，只字不提。为顾及党国声誉和国际影响，蒋介石也未追究孔氏及其他涉案人的刑事责任，一桩惊天大案，竟在抗战胜利的欢呼声中不了了之。傅斯年在致夫人的信中谈起此事，欣喜之中难掩失望，"闹老孔闹了八年，不大生效，这次算被我击中了，国家已如此了，可叹可叹"。

把宋子文赶下台

1945年5月，宋子文接任行政院院长。傅斯年与国民一样，期待他在整顿孔氏留下的烂摊子方面有所作为，以拯救濒临崩溃的战时经济。

日本投降后，宋子文在伪币兑换、伪产接收上的做法，激起民愤，沦陷区人民苦熬多年盼望解放，谁知得到的却是政府对全民的惩罚性掠夺。

有着8年倒孔经验的傅斯年，不再利用国民参政会倒宋，也没傻到再去向蒋上书，他已练成了必杀技，报刊就是他的杀手锏。

1947年1月至2月，傅斯年先在《观察》发表《论豪门资本之必须铲除》，接着又在《世纪评论》发表了《这个样子的宋子文非走开不可》《宋子文的失败》，义正词严，痛斥孔宋："今天的官僚资本当然推孔宋二家"，"雌儿雏儿一起下手，以政治势力，垄断商务，利则归己，害则归国，有时简直是扒手。""古人说'化家为国'，现在是'化国为家'，以上这些，政府若对得起人民，该去清算的。""在今天宋氏这样失败之下，他必须走开，以谢国人。"

文章发表未及10天，宋子文即在国人一片唾骂中黯然下台。

（《作家文摘》总第1838期）

郭沫若与陈布雷的诗歌唱和

·常家树·

1941年11月，重庆文化界庆祝郭沫若五十华诞之际，收到了蒋介石的文胆、幕僚长陈布雷的贺诗并附贺信。郭沫若欣然接受并回赠和诗以表谢意。

郭沫若与陈布雷分属于两个不同营垒的著名文人。文人相轻乃文坛司空见惯，更何况两人阶级立场壁垒分明，生活情趣大相径庭。大概出于“息息相通”的文士生涯，触动了陈布雷对郭沫若这位文化巨人的钦敬之情。郭沫若在回赠中也盛赞陈布雷年轻时“湖海当年豪气在”“如椽大笔走蛇龙”的战斗风貌。和诗不约而同地将他们两人置身于20年前的历史风云中。

两支震动民国文坛的如椽大笔

陈布雷生于1890年11月15日，他的家乡浙江慈溪与蒋介石家乡奉化同归宁波府管辖，他们可谓是小同乡。陈布雷22岁那年，正值辛亥革命爆发之际，他毕业于浙江高等学堂（浙江大学前身），即应《天铎报》之聘担任撰述，每天撰写两则短论，每十天写三篇社论。由于他平日看的旧小说多，评论中喜欢引用《水浒传》中的典故，很受读者喜爱。他本名训恩字彦及，笔名布雷，他自己解释说，在浙高读书时英文名为Bread，译音“布雷”。从此就以这个笔名闻名于世。

陈布雷进入上海《天铎报》，正是民国初年。他才华出众，勤勉敬业，很快成为上海报界的著名记者。他出名要早于郭沫若。其间，他撰写了大量拥护辛亥革命的时评，反对封建帝制，宣扬共和精神，很有影响；孙中山先生代表临时政府用英文起草的《对外宣言》，就是由陈布雷翻译成中文最先在《天铎报》上发表的。几年后，陈布雷转到《商报》做编辑主任，不遗余力地揭露北洋军阀的腐败统治。

陈布雷在上海对国内局势的种种评述，与当时在广东的国民党可说是不谋而合，南北遥相呼应，形成了一股朝气蓬勃的革命舆论。孙中山赞扬《商报》“可称为是忠实的党报”，说它的宣传比国民党办的报纸还更有成绩。陈布雷所写的有些时事评论，与当时中国共产党的主张也基本相符，有的文章就被中共中央主办的《向导》周刊转载。中共著名理论家萧楚女曾致函《商报》，称赞主笔的革命精神。郭沫若推崇这一时期的陈布雷“如椽大笔，横扫千军”。

郭沫若是“五四”时期新文化运动的名将。那时候他全身心地投入文学创作，开始不断发表新诗和小说。1919年6月，他在日本福冈发动组成救国团体“夏社”。在这期间，郭沫若写出了《凤凰涅槃》《晨安》《地球，我的母亲》《站在地球边上放号》《天狗》《心灯》《炉中煤》《巨炮之教训》等诗篇。1920年出版与田汉、宗白华通信合集《三叶集》。他的第一本诗集《女神》于1921年出版。《女神》奏响了“五四”时代精神的最强音，使他成为“五四”新文化运动的一名主将。

两人各自投向不同营垒

郭沫若不仅是个学者、诗人、作家，而且是一个冲锋陷阵的革命家，北伐时期担任国民革命军总司令部政治部副主任。从广州转战到武汉，同叶挺、贺龙将军一起，经历了贺胜桥、汀泗桥等著名战役。

这时候的陈布雷则在北伐战争的进军中不断刊出鼓吹革命的文章渐入蒋介石的法眼。1926年春，邵力子受蒋介石之嘱托，从广州到上海，带来一帧蒋总司令签名照片。邵力子特告陈氏：“蒋总司令对阁下文采颇为敬慕。”1927年正月间，陈布雷与潘公展会见蒋介石，接连两天约晤，握谈良久，蒋劝陈入党。同年二月，陈布雷在蒋介石、陈果夫介绍下加入国民党。自此陈布雷为蒋效命驰驱，凡二十载，是蒋介石最为核心的文书侍从骨干。尤其是每逢庆典节日或发生重大事件，蒋介石向全国发表的文告，均为陈布雷之手笔。

也就是与蒋的会见中，他第一次认识了郭沫若。陈布雷在自己的“回忆录”中曾提到，那次在南昌蒋介石总部除了会见张岳军、黄膺白外，“所见党内要人为谭组安、李协和、朱益之、陈公博、郭沫若诸君”。可见当时的郭沫若已是蒋介石总部中非常受器重的一位要员。可是郭沫若却与陈布雷相反，偏偏不买蒋介石的账，因为他从蒋的言行举止中已察觉到其欲背叛革命的祸心。

在蒋介石发动“四·一二”反革命政变前的3月31日，郭沫若奋笔疾书讨蒋檄文《请看今日之蒋介石》，文章指出："蒋介石已经不是我们国民革命军的总司令，蒋介石是流氓地痞、土豪劣绅、贪官污吏、卖国军阀、所有一切反动派——反革命势力的中心力量了。"

文章发表在武昌的《中央日报》并印成小册子在革命群众中广泛传播。蒋介石对他恨之入骨，5月10日发出了《通知军政长官请通缉趋附共产之郭沫若函》，称郭沫若"趋附共产，甘心背叛，开去党籍，并通电严缉归案惩办"。

7月底，郭沫若辗转到了武昌，又到九江。眼看许多共产党人都向南昌汇集，他向中共九江市委表示去南昌的愿望。8月1日，周恩来、朱德、贺龙等人领导举行了南昌起义，向国民党反动派打响了第一枪。4日晚，郭沫若赶到南昌，出任中国国民党革命委员会委员、主席团成员、宣传委员会主席兼总政治部主任。蒋介石控制下的国民党中央党部下令开除南昌起义革命委员会委员的国民党籍，并通缉拿办。郭沫若毅然申请加入中国共产党。

在广东普宁县的流沙附近，政治部被打散，郭沫若与几个人突出重围，在当地农会的帮助下，从神泉坐运货的帆船，到达香港。

1928年2月下旬，郭沫若化名吴诚，假借去东京考察教育的南昌大学教授的名义，悄然登上了日本邮船。此时，国民党也侦知郭沫若的住处，正准备缉拿归案之时，郭沫若先行一步，才躲过一场大难。

陈说服蒋介石成全郭回国抗日

从此，郭沫若开始了长达十年的流亡生活。

1937年“七七”事变后，郭沫若急切回国抗日。因为蒋介石通缉郭沫若的命令还在生效，没有蒋的同意，郭沫若是不能轻易踏进国门的。为此，郭沫若委托好友郁达夫专门拜访了陈布雷，陈布雷慨然答应为郭沫若说情。

当蒋介石得知是为郭沫若说情，不禁皱起眉头，愤愤地说：“这个人哪，当年他骂我是很厉害的嘞!”见此，陈布雷只好捧出郭沫若在日本出版的《两周金文辞大系》《殷契粹编》等一叠书说：“委座，据说，郭沫若这些年没有再搞政治，他主要是埋头研究殷墟甲骨文和殷周的铜器铭文……学术成果在国际上很有影响。现在，全面抗战爆发，国家急需人才，他想回国参加抗战，所想请示委座……”蒋介石顺手翻起两部书籍，若有所思地问：“他真是在研究乌龟壳和骨头?”

“不错，是在研究古代历史。”陈趁势说，“这是一个人才，人才难得呀!”

蒋介石终于点头说：“那我就写一张手令，撤销通缉令。”

陈布雷立即把这消息告诉了郁达夫并转告中共。中国共产党经过细心安排，通知了郭沫若。

郭沫若接到信息后与南京政府驻日本的大使馆秘密联系，于1937年7月25日，化装后乘“日本皇后”号头等舱回国。

7月27日，郭沫若到达上海。9月19日，蒋介石电召郭沫若去南京。24日傍晚，蒋介石在陈布雷的陪同下，接见了郭沫若，陈布雷身穿一身长袍，蒋介石也着一身灰色长袍，两人都面露笑容客气地迎接郭沫若。

见面时，陈布雷很诚恳地对郭沫若说：“很欢迎沫若兄常来谈谈，说句实话，只有道德相同的人，我才愿与之交往。”郭沫若也很坦诚地说："我很佩服先生的如椽大笔，请多为鼓吹抗日而出力啊！"

诗词唱和惺惺相惜

抗战时期，郭沫若、陈布雷的人生都达到一个峰值期。

郭沫若出任国民政府军委政治部第三厅厅长和文化工作委员会主任，负责有关抗战文化宣传工作。而陈布雷在蒋介石身边工作，宣传工作正是他重点抓的一个方面。因此两人就有频繁的接触和联系。有时郭沫若应蒋介石之邀参加宣传方面的会议，或者单独会见，陈布雷也总是在旁，这些接触往往是很愉快的。这期间，才华横溢的郭沫若先后创作了《棠棣之花》《屈原》《虎符》《孔雀胆》《南冠草》《高渐离》6部充分显示浪漫主义特色的历史剧。这些剧作借古喻今，紧密配合了现实的斗争。

1941年11月16日，正值郭沫若五十周岁诞辰，这一年又正好是他创作生活25周年纪念，在周恩来的主持下，重庆文化界发起大规模庆祝活动。

周恩来对陈布雷的外甥，当时在郭沫若领导的文化工作委员会任职的翁永泽说："小翁，请你转告你的舅舅布雷先生，对他的道德文章我们共产党人是钦佩的，但希望他的笔不要为一个人服务，要为全中国四万万人民服务。"郭沫若也说道："唉，为老蒋拿笔杆子，这不是一个好差使啊！"

第二天，翁永泽把周恩来的意思及郭沫若的话传给陈布雷听，他沉思良久，避开正面回答，说："恩来先生我衷心敬佩，可惜国民党里像周恩来先生这样的人才太少了。"接着又感叹地说："唉！知我者郭沫若先生也！"

“舅舅，”翁永泽说，“还想请你当郭沫若先生五十诞辰和从事创作生活二十五周年纪念活动发起人。”

“好，好。”陈布雷欣然应允，在“缘起”横轴上马上签名，并且又写了一首贺诗：

郭沫若君五十初度，朋辈为举行二十五周年创作纪念，诗以贺之。

滟滪奔流一派开，少年挥笔动风雷，
低徊海澨高吟日，犹似秋潮万马来。
搜奇甲骨著高文，籀史重徵起一军，
伤别伤春成绝业，论才已过杜司勋。
刻骨酸辛藕断丝，国门归棹恰当时，
九州无限抛雏恨，唱彻千秋堕泪词。
长空雁侣振秋风，相惜文心脉脉通，
巫峋云开新国运，祝君彩笔老犹龙。

贺诗送达郭沫若时，陈布雷又写了一封贺信。当时四面八方送给郭沫若的贺联、诗词、文章汗牛充栋。郭沫若专门挑出陈的贺诗稍加思索，马上挥笔写了一首答诗，并附一封谢信，如下：

畏垒先生赐鉴：五十之年，毫无建树，猥蒙发起纪念；并叠赐手书勖勉，寿以瑶章，感慰之情，铭刻肝肺。敬用原韵，勉成俚句以见志。良知邯郸学步，徒贻笑于大方，特亦不能自已耳。尚乞教正，为幸。

步韵和诗是这样写的：

茅塞深深未易开，何从渊默听惊雷，
知非知命浑无似，幸有春风天际来。
欲求无愧怕临文，学卫难能过右军，
樗栎散材绳墨外，只堪酒战策功勋。
自幸黔头尚未丝，期能寡过趁良时，
饭蔬饮水遗规在，三绝韦编爻象词。
高山长水仰清风，翊赞精诚天地通，
湖海当年豪气在，如椽大笔走蛇龙。
敬步原韵呈畏垒先生教沫若初稿。

1948年11月，郭陈相互和诗仅仅过去7年后，在人民解放战争隆隆炮声震撼下，陈布雷怀着“无可奈何花落去”的悲凉心境，伴随着总统府萧瑟寒风中的片片落叶，与蒋家王朝同归于尽了。此时的郭沫若正意气风发取道香港奔赴解放区，参与筹建新中国，开始了人生中又一个崭新的高潮。

（《作家文摘》总第1846期）

徐悲鸿的明信片

·廖大同·

2011年香港的报纸报道，徐悲鸿的一张油画《放下你的鞭子》在香港拍卖了数千万港币，创徐氏画值的新高。这幅画画的是王莹女士，画与真人一样大。王莹是旧中国著名的话剧演员，抗战初期在街头上演反日战争宣传剧《放下你的鞭子》，声名大噪，后来还去美国上演过此剧。王莹解放初期回国，“文革”中被迫害致死。徐悲鸿在1938—1939年时独居新加坡，以12天时间画成此幅与真人等大的油画，后以5000星币卖出。所得款项全数捐与国家抗日，并以其中半数捐广西省。

我见到报道后，找出了家中珍藏的一张明信片。这张旧明信片是亡母由大陆带来美国的遗物（她1978年由广州来美）。明信片是徐悲鸿写给我的外公孙仁林（字绍园）的，报告他的行程。我外公是广西省桂系高干，与徐悲鸿是挚友，徐氏常来桂林我外公处小住，一住就是几个月。我当时年幼，还不到10岁，也住在外公家中，醉心徐悲鸿的画作，常常在他的画室窗外偷偷看他作画。他不以为忤，有时写大字时还叫我入室替他磨墨铺纸，我也颇以为荣。

徐悲鸿当时在中国已非常出名，来求画的人很多。徐悲鸿画中国水墨很快，一张飞马图不到5分钟就画就。中国画画完就放在画桌的右边，有人求他，就题款后送人，也不收钱。他的油画从不送人，素描也不送人。平日我看他画的多为飞马、鸡、喜鹊、麻鹰、猫、竹子，人物多为钟馗打鬼。我外公收藏他的画多达500张，我母亲也有6张他的精品。后来在广西沦陷逃难时都丢失了，真是可惜。

徐悲鸿为人很和气，我从没见他发脾气。我母亲叫他徐老伯，我们小辈就叫他徐公公。记得有一年他来小住，我在门口迎他入室。他飘然行来，身着白绸长衫，手摇纸扇，身无长物，后面跟着孙多慈女士——他的女弟子和追求的对象（该时他已经和原配夫人蒋碧微分手），替他拎一个箱子；另外一个是张治安，徐悲鸿的大弟子也为他拿一个大箱子。他就是这样潇洒地走入门，把我这个小孩看得眼都呆了，到现在六七十年后还清楚地记得。

我外公在桂林市桂花街的花园洋房布置了一间很大的画室给徐悲鸿。徐悲鸿的画室四壁挂的都是他的水墨作品，最大的一张是他在印度替诗人泰戈尔画的彩色水墨人像，显然他很满意这张画。另外有一张小型的水墨画，是张治安画的，全墨黑色的山雨风林图。徐悲鸿很喜欢这幅画，就挂在他的画案右边。

因为女方家长反对，徐悲鸿追求孙多慈终未成功（孙多慈后来去了台湾，转往美国，上世纪在美国去世）。徐悲鸿想再婚，当时就在我外公家中招请私人秘书，连我们小孩子都知道，所谓招女秘书实际上是徐公公在选新娘。我躲在客厅屏风后面偷看，最后中选的是廖静文，湖南姑娘，当时才19岁，白白净净的。廖静文后来就变成徐悲鸿夫人了，我的姨妈解放后到北京还去探望过她。

抗战胜利后，徐悲鸿去北平定居。未几，全国解放，我外公孙仁林离开桂林，去了香港。在1950年时，外公想回桂林，写信去北京问徐悲鸿是否可行，徐悲鸿立刻回信促我外公打消此意，不要回来。不久，我外公去了台湾，后来就死在台湾。徐悲鸿在解放初期就死了。他死得早，只有50多岁，免去了后来各项运动的痛苦。

数年前，我在纽约大都会博物馆看“林语堂文墨展”，发现其中有一封徐悲鸿致林语堂的信，信末有提及王莹女士，当时，王女士仍在美国未回大陆。我就把它摄下来，可惜没有摄全，只摄了信尾，但可以看到此时徐悲鸿已患高血压两三年，要服美国药Rutin（我是医生，但不知这种药）。1940年代没有什么治疗血压高的特效药，连罗斯福总统的血压高到200开外也无法医治。我不知道徐公公是因什么病去世，推测不是中风就是心肌梗死，或者是高血压引起的心力衰竭。如果在今天，他就不会死得这么早，真是可惜，中国失去一个大画家。

（《作家文摘》总第1540期）

民国学者张荫麟

·谭伯牛·

或曰，20世纪中国新史学的开山大匠，是两个广东人，一为新会梁启超，一为东莞张荫麟（许冠三《新史学九十年》卷一）。或曰，20世纪20年代清华文科才子以钱锺书、张荫麟为翘楚，曾有“北秀南能”的品题（钱锺书《槐聚诗存·伤张荫麟》自注）。然而，数十年后，梁、钱之名播在人口，知与不知，皆要唤他一声“国学大师”，荫麟之姓字却浸久无闻，生平行事固少人知，学问才情亦无人表彰。

荫麟生于清光绪三十一年（1905），卒于民国三十一年（1942），享年仅37岁。荫麟知交遍及文、史、哲三界，有吴宓、王芸生、吴晗、贺麟、冯友兰、熊十力等人，或师或友，生前互相切磋，死后皆作诗文悼念，登诸报刊，历历可考。

荫麟毕业于“留美预科”之清华，在美国学哲学，归国即为名校教授，正所谓“清华学派”中人；派中大佬对鲁迅这种“匪徒”“文丐”似无好感，荫麟却要作一篇《〈南腔北调集〉颂》，称赞鲁迅是“当今国内最富于人性的文人”。荫麟论政，服膺“费边式的社会主义”（其友哲学家贺麟语），偏于改良、渐进；丁玲其时以左倾激进闻名，民国二十二年（1933年），误传被捕杀，荫麟当即作文痛悼，竟流露赞成暴力革命之意：“世有欲借口舌笔墨之力以感格凶顽、转移运会者乎？其亦可以休矣！其亦可以醒矣！”

前后对照，他对政治的态度似自相矛盾。然前者论事，后者论人，论事的理性与对人的温情，正相辉映。

然而，荫麟对人，并不总抱有温情。《所谓“中国女作家”》一文，对以冰心为代表的“立于女子之传统的地位而著作”的“女士”们极尽嘲讽之能事，说她们不过是前代袁枚“女弟子”之流，“言作家而特标女子，而必冠以作者之照相”，“作品署名之下必缀以‘女士’二字”，而所书写者，莫非“毫无艺术意味之 Sentimental rubbish”（按，直译为“感性垃圾”，参考王蒙译法，则不妨译作“酸馒头渣”），以中学生作文标准衡量，“至多不过值七十分左右”。

较此挖苦文章更精彩的，则是学术评论的攻错之作。他指出郑振铎文学史研究中“使人喷饭之处”，讥其缺乏“常识”。他批评郭绍虞食“洋”不化，牵强附会。胡适撰《白话文学史》（上册），时称名著，荫麟却能举证确凿，指出定义混乱、去取多由主观的毛病。郭沫若译歌德长诗《浮士德》，急于脱稿，匆促从事，遂致“谬误荒唐、令人发噱之处，几于无页无之”，荫麟择要纠正，有力打击了“伪劣”出版物。

但是，荫麟并非今日惯见的“酷评”家，他固不喜欢一味地唱赞歌，亦不轻易因作者的疏漏而抹杀全书的功劳。他虽批评《白话文学史》诸种不善，却仍敏感地看出此书具有方法、取材及考证的优点；他虽对郭沫若的德文水平深致不满，却盛赞《中国古代社会研究》能够“拿人类学上的结论作工具去爬梳古史的材料”，“建设中国古代社会演化的历程”，实在是一项“重大贡献”。此外，对顾颉刚“疑古”学说“误用默证”的方法论错误，冯友兰《中国哲学史》中的史实错误，他都提出过严厉而中肯的批评。顾氏无以自解，终未回应；冯氏覆书致谢，有则改之。

荫麟尝表明自己对专业书评的态度：“一个批评者对一部书有所纠绳，这并不就表示他对于这书的鄙薄。”这固然是个人的信条，但也需要时代风气的培陶，以及被批评者的雅量（或曰服善之勇）。荫麟十七岁时指出梁启超的考证错误，启超引为忘年交，称之为“天才”；冯友兰在他死后，曾集资、主持设立“张荫麟奖学金”；顾颉刚于荫麟死后撰《当代中国史学》，赞扬其在通史、宋史领域大有建树。若非他生活的那个时代确具几分开明的特性，若非那些学人确具服善之勇，这些故事只怕都不会发生。

（《作家文摘》总第1746期）

梁启超的魔力和胡适的野心

·张家康·

梁的魔力与胡的野心

1904年春，只有14岁的胡适告别母亲，由三哥带着，走出徽州山村，来到上海梅溪学堂读书。

一次，先生所出的八股文题，难倒了天资聪慧的胡适。文章的题目是《原日本之所由强》。“日本”是在天南还是海北，着实懵住了他。他只得向二哥求救。二哥给他找来许多参考书，其中便有梁启超办的《壬寅新民丛报编》。

从此，少年胡适受到《新民丛报》的思想启蒙，再也不是只知子曰诗云的读书娃。

梁启超自号“新民子”“中国之新民”，所办杂志也叫《新民丛报》。其良苦用心是：改造愚昧、落后、保守的国民性，使中华民族成为“新民”“苟有新民，何患无新制度，无新政府，无新国家”。

胡适被《新民说》所深深打动，他在《四十自述》中说，梁启超“用他那枝‘笔锋常带情感’的健笔，指挥那无数的历史例证，组织成那些能使人鼓舞，使人挥泪，使人感激奋发的文章。其中如《论毅力》等篇，我在25年后重读，还感觉到他的魔力，何况在我十几岁最容易感动的时期呢”。

梁启超的《中国学术思想变迁之大势》，是胡适最爱读的学术著作。遗憾的是，这篇文章仅做了几章便辍笔了。尽管梁启超后来又作了续文，但是，胡适发现“这一部学术史中间缺了三个最要紧的部分”。

为续读这缺失的三个部分，胡适耐着性子等待，竟然“眼巴巴的望了几年”。

在失望之中，胡适暗暗许下心愿：“我将来若能替梁任公先生补作这几章缺了的中国学术思想史，岂不是很光荣的事业？”

胡适对中国哲学史研究和撰述的兴趣，便是此时确立的，用他的话说：“这一点野心就是我后来做《中国哲学史》的种子。”

1917年8月，胡适留美归来，应蔡元培的聘请，担任北京大学哲学教授，教授“中国哲学史”和“英国文学”。

在讲义的基础上，胡适完成了《中国哲学史大纲》（上卷）。

1919年2月，这部《中国哲学史大纲》经蔡元培作序，由商务印书馆出版，迅即轰动学术界，在两个月内再版。

不打不成交

1920年3月21日晚，梁启超好友林长民在家招待梁启超和胡适，这是他们的第一次见面。

胡适日记仅寥寥数字，“宗孟（即林长民）宅饭”，“初见梁任公（即梁启超），谈”。

虽然这是他们第一次面对面交谈，却早已是“心有灵犀一点通”了。

两年前，胡适撰《墨家哲学》时所表露的创作思路，便得到梁启超的嘉许。1918 年 11 月 20 日，他在来天津南开大学讲学前，给梁启超去信说：

> 适后日（十一月二十二日）将来天津南开学校演说，拟留津一日，甚思之怀，一以便面承先生关于墨家之教诲；倘蒙赐观所集“墨学”材料，尤所感谢。适亦知先生近为欧战和议问题操心，或未必有余暇接见生客，故乞振飞先生为之介绍，拟于廿三日（星期六）上午十一时趋访先生，作二十分钟之谈话，不知先生能许之否？适到津后，当再以电话达尊宅，取进止。

此时，梁启超正拟游访欧洲，不久动身离津出国，两个人失之交臂。

回国后，梁启超很快便与胡适相见，可见其心目中，胡适占有着多么重要的位置。

可是，1922 年 3 月 5 日，梁启超在北大哲学社的一次讲演，却使胡适始终不能释怀。

这天，北大三院大礼堂内座无虚席，济济一堂。

梁启超要来北大讲演，主题是《评胡适的〈哲学大纲〉》。如此指名道姓地在大庭广众下评点是非，且是在胡适任教的北大进行，看来也只有心直口快、全无世故的梁启超做得出来。

胡适当然心中不快，说：“这是他不通人情世故的表示，本可以不去睬他。”

梁启超的讲演分两天进行，每天二小时左右。

胡适本不愿参加，却经不住好友张竞生的劝说，于第二天前去旁听。

这是场饶有兴味的讲演会，梁启超的批评言简意赅、顺理成章，听者无不聚精会神。

胡适当场答辩。短短的45分钟内，他恰如其分地回应了梁启超的批评。听者又为胡适的言说所打动。

这场你来我往的演说会，当时在北大传为美谈，听者无不“如醉如狂”。胡适后来在日记上记有此事时，也说：“在大众的心里，竟是一出合串好戏了。”

我来迟了八小时

胡适的政治理念多多少少有着梁启超思想的印记。所不同的是，梁启超向往的是英国式的君主立宪制，胡适推崇的是美国式的民主共和制。

可是，在胡适的眼中，梁启超等研究系一班人毕竟是旧官僚出身，而他一直恪守在野的清白之身。

1920年8月27日，梁启超等人想发表一个关于宪法三大纲的声明，胡适没有参加签名，他在日记中记道：“他很想我们加入发表，我婉辞谢之。”

1922年5月，胡适在《努力》周刊上发表了由他起草，蔡元培领衔签名的《我们的政治主张》。

对于胡适不通知他签名，梁启超大不高兴，赌气说："我一个人也可以发表宣言。"

倒是梁启超的好友林长民爽快，出来解释说："适之我们不怪他，他是个处女，不愿意同我们做过妓女的人往来。"

1926年3月，梁启超误割右肾，健康状况急剧恶化。

此时，胡适恰在欧洲、美国和日本游历，回国后又为重整新月社和中国公学的事而奔波。

1929年1月19日晚9时许，胡适刚刚回到北京，便向好友任叔永询问梁启超的病情。任叔永沉痛地说："你也许见得着他。"遗憾的是，梁启超已于当日下午2时15分去世。

第二天，他们看报才知梁启超已成故人。于是，胡适和任叔永、陈寅恪、周寄梅等立即往广慧寺为梁启超送行。

胡适在向梁启超的遗体告别时，不觉潸然泪下，自言自语道："我赶来迟了八小时！"

（《作家文摘》总第1777期）

狂人刘文典

·章玉政·

“高见甚是！高见甚是！”

听过刘文典《红楼梦》讲座的人，都难以忘记他大谈研究心得时的“牛气冲天”，风头完全不亚于今日《百家讲坛》上的“红学大师”刘心武：

其时天尚未黑，但见讲台上已燃起烛光（停电之故），摆着临时搬去的一副桌椅。不久，刘文典先生从容饮尽了一盏茶，然后霍然起立，像说“道情”一样，有板有眼地念出他的开场白：“只—吃—仙—桃———口，不—吃—烂—杏———筐！仙桃只要一口就行了啊……我讲《红楼梦》嘛，凡是别人说过的，我都不讲！凡是我讲的，别人都没有说过！今天给你们讲四个字就够了！”于是他拿起笔，转身在旁边架着的小黑板上，写下“蓼汀花溆”四个大字……

这段文字是西南联合大学经济学系的学生马逢华留下来的，他曾亲耳聆听过刘文典的《红楼梦》讲座。据他说，当天晚上的讲座原本是准备在一个小教室开讲的，后来由于要求来听的人实在太多，只得改在了西南联大图书馆前的广场上举行。即便如此，讲座还没开始，广场上就已经坐满了人。刘文典在“红学”研究方面的声望，可窥一斑。

刘文典在研究《红楼梦》时，尽管并不完全赞同胡适考证认为《红楼梦》就是曹雪芹“自叙传说”的说法，但他非常拥护胡适提出的“新红学”的研究方法，即叫作“考证学的方法”，有几分证据，说几分话。比如，对于贾宝玉与林黛玉的爱情结局，刘文典就别出心裁地提出，《红楼梦》中实际上已有证据暗示了结果，这就是他经常跟学生提到的“蓼汀花溆”四个字。

《红楼梦》第十八回写贾元春回家省亲，看到贾宝玉给大观园各种山水楼台题写的匾额，都非常满意。唯独看到“蓼汀花溆”四个字时，便笑道：“‘花溆’二字便好，何必‘蓼汀’？”因为这个证据，刘文典认为贾元春是极力反对“宝黛”结合的，理由是：“花溆”的“溆”字形似“钗”而音似“薛”，“蓼汀”二字的反切则为“林”。贾元春留“花溆”而舍“蓼汀”，实际上已为“宝黛”的悲剧命运埋下了伏笔。

刘文典的“红学”讲演不仅一般的教授乐于去听，就连当时许多有名的“红学家”也是一场不落。学者吴宓（号雨僧）一直以“宝黛”爱情命运自况，曾给学生开过“《红楼梦》讲谈”的课程，他对于自己的“红学”研究成就一向自视甚高，对于一般的“红学家”根本是瞧不上眼的，但是他对刘文典的学问却是十分佩服。据说刘文典讲书时，吴宓总是悄悄坐在教室里的最后一排。刘文典一般是闭目讲课，侃侃而谈，而当讲到自己认为有点独到见解的时候，他总是会抬起头看看教室的最后面，问道："雨僧兄以为如何?"吴宓照例会立即起身，恭恭敬敬，一面点头，一面回答："高见甚是！高见甚是!"

战后如何对待日本

对于日本这个国度，刘文典所表现出的理解深度与关注视角，即便是在今天的中国，亦堪称理性独到，相当成熟。可以说，刘文典所秉持的始终是一种国际视野的日本观，而非单纯的中国视野的日本观。

刘文典一生曾三赴日本，是日本给予了他直接接触东西方现代文明的机会，让他完成了早年的思想训练与启蒙。但正因为对这个国家有着深度的接触与了解，刘文典更感觉到"日本这个国家和世界的其他各国迥然不同"，军阀"就是日本的国策"。

1933年，刘文典不顾"某些位爱国志士"骂他"不应该长他人志气，灭自己的威风"，赶译出了日本陆军大臣荒木贞夫的《告全日本国民书》，希望能够警醒国人，"知道日本统治者的意见、政策和野心"。任教西南联大期间，他曾到文林堂演讲《日本侵略中国之思想的背景》，凭借自身对于日本的多年关注与研究，向世人揭穿日本侵略者一贯的军国主义立场。

1942年11月8日、9日，刘文典连续两天在《中央日报》(昆明版）上发表"星期专论"，题目很干脆：《天地间最可怕的东西——不知道》。文章头几句写道：

天地间最可怕的东西是什么？是飞机大炮么？不是，

不是。是山崩地震么？是大瘟疫、大天灾么？也都不是。我认为天地间最可怕的，就是一个“不知道”。因为任何可怕的东西，只要“知道”了就毫不可怕。

刘文典认为，美国之所以被珍珠港一役打得晕头转向，主要是对日本人的“天性剽悍”缺乏了解，“如果有战争，它必然是要先下手袭击的”。但他紧接着带有讽刺意味地写道：“英美固然不吃‘不知道’的亏，日本所吃的大亏也正是因为这位‘不知道’。”

一直以来，日本设在中国各省各县的特务机关无孔不入，将中国社会的许多弱点都调查得一清二楚，认定中国是绝对无抵抗力的，所以才敢于发动“卢沟桥事变”。但它万万没有想到，中国各方面现在都“知道”了，因而激起了全民族的坚韧反抗，是绝对征服不了的。刘文典坚信：日本必败，中国必胜。

1944年，正当人们在为夺取抗战的最后胜利而暗自欢欣的时候，刘文典却未雨绸缪地提出了一个新问题：日本败后，我们该怎样对它？

按常理说，日本侵扰中国所犯下的罪孽，中国是怎么仇恨都不算过分的。但这一次，在胜利即将来临之际，刘文典却出语惊人。

《云南日报》于1944年3月30日、31日两天刊登了他的一篇政论文章：

……关于国家民族的事，是要从大处远处想的，不能逞一朝之忿、快一时之意……所以我的主张是：对于战败的日本务必要十分的宽大……日本这个国家也应该享有他应有的权利，也应有一份资源还是要留给他的。这是此次大战远胜于前次大战的地方，也是世界政治上的一大进步。

在谈到和平条约的内容时，刘文典提出了几点具体的意见：一是主张不向日本索取赔款；二是主张不要求日本割让土地；三是主张日本用自身拥有的文物赔偿它所毁坏的中国文物。在很多人看来，刘文典的这些主张与“汉奸言论”无异。不过，刘文典似乎从一开始就很坦然。这不仅是一种“以德报怨”的道德操守，更是一种深谋远虑的政治情怀。

唯有在国家主权、民族大义，没有退让的可能，特别是在被日本侵占的中国领土问题上。刘文典写道：

> 我们早已昭告天下，绝无利人土地的野心，更不想征服别的民族。……但是有一点却不可不据理力争的，就是琉球这个小小的岛屿必然要归中国。这件事千万不可放松，我希望政府和国民都要一致的坚决主张，务必要连最初丧失的琉球也都收回来。

刘文典的观点是理性而颇具远见的。1945年日本投降后，中国政府果然采取了宽大的态度，没有要求赔偿，更没有要求割地。唯一遗憾的是，蒋介石政府由于各种现实的考虑，没有解决刘文典一再强调的琉球主权争端问题。刘文典之所以“狂”，与他这种远见卓识的智慧恐怕也不无关系。

（《作家文摘》总第1845期）

杨度，一些千真万确的事

·张晶萍·

杨度一生，从宪政国师到帝制魁首，从中山特使到秘密党员，身份经历了无数次的转换。在千变万化之中，杨度的自我认同是不变的，那就是：他始终是以“国士”自许。

杜公馆里的客卿

北伐胜利后，蒋介石定都南京，建立了国民政府，政治中心也从北京转移到了南京。这年秋天，杨度离京赴沪，寄居在法租界毕勋路友人家，以卖字画为生。

杨度将润笔费定得很高，但登门求杨氏墨宝者还是不少。杨度本来就有文才，又曾跟随齐白石学画，故于书画颇有造诣，曾在云南路乘书艺画社举办个人书画展览，成为上海滩的一名文化人。其间，致力于历史研究，尝试著一部《中国通史》，于是又跟社会科学家们有了往来。

在上海，通过友人与章士钊的引荐，杨度结识了帮会头子杜月笙。为了提高自己的身份和地位，杜月笙有意罗致、聚集一大帮各式各样的人物在身边，以增强他的社会地位和影响力。他聘杨度为名誉顾问（有的说是秘书），每月给生活费500元予以资助，并专门将薛华立路的一幢洋房送给他。有时他也请杨度写几幅字、题几句词，做点文章。因此上海小报都说杨度是杜月笙的徒弟。对此，杨度不承认。

他曾经对人说：“我一没有递过帖子，二没有点过香烛。我称他‘杜先生’，他叫我‘皙子兄’。老实说，我不是青帮，而是‘清客’。”他自称“清客”，不免语含自嘲。

谁是杨度入党介绍人

杨度移居上海后，家中经常有客人。这时，湖南老乡方表、王绍先等人也到了上海，成为杨家的常客。特别是王绍先王九爷，本是个富家子弟，经常没什么事，就找杨度聊天。王绍先有个亲戚叫陈赓，是中央特科第二科（情报科）科长。王绍先通过陈赓，经常弄些进步书刊带到杨家，与杨度关上门阅读，这些进步刊物为杨度在佛学救国的理论之外打开了一片崭新的天地。1928年的一天，王绍先领着陈赓上杨度家，三人密谈，最后，杨度向陈赓表示：愿以自己的身份和社会地位，为共产党出力。

当时，中央宣传部长李立三对杨度投身革命的真诚性表示怀疑。李立三也是湖南人，对杨度生平知之甚多。一个极端保守的君主立宪派和研究佛学的人，怎么会为信奉马克思列宁主义的无产阶级服务？

于是，中央又派宣传部下属的文化工作委员会负责人潘汉年去和杨度联系，进行考察。

其时，潘汉年正以文化界人士的公开身份从事文化、出版、文艺界的联络统战工作。杨度与潘汉年的姐夫路家相识。潘汉年经过与杨度的深入接触，感到杨度确实有为革命而工作的诚意，因此做了杨度的入党介绍人。潘汉年正在筹办共产党的地下报纸《红旗日报》，请杨度为他题写报头。杨度毫不犹豫一挥而就。只有很少人知道，1928年11月27日《红旗日报》第二期上的“红旗”两字就是出自杨度之手。

经过一年的考察，1929年，经周恩来批准，杨度成为中国共产党特别党员。当时周恩来是中共中央组织部长、军事部长和秘书长，由周恩来亲自批准，可见对杨度的重视。

杨度受周恩来领导，而由潘汉年与他单线联系。杨度利用他的特殊身份，为中国共产党提供了很多情报，还捐献了不少财物。

当时正值白色恐怖时期，有人讥笑杨度一个帝制余孽入党是投机，杨度说：“说我投机，我投的是杀头灭族之机。”

1930年2月，鲁迅、夏衍、郁达夫等人发起成立“中国自由运动大同盟”，杨度签名参加。1930年5月，中国共产党领导的革命文化团体“中国社会科学家联盟”在上海成立，杨度也签名参加。

1931年4月，由于中共中央特科负责人顾顺章在汉口被捕叛变，中共中央领导机关的安全受到了极大的威胁。此后，中共中央特科进行改组，潘汉年接替陈赓二科（情报科）科长之责，协助陈云负责特科工作，实际上成为特科的领导。

在这种情况下，周恩来决定由夏衍（沈端先）接替潘汉年，作为中共组织与特别党员杨度的单线联系人。

夏衍眼里的佛学党员

夏衍每月跟杨度联系一次，送给他党内一些刊物和“禁书”，也和他谈谈国内外形势。杨度不止一次地把国民党的内部情况装在封印的大信封内，要夏衍转交给上级组织。开始，夏衍不知道他是谁，只知道是位姓杨的同志。后来，熟悉了，杨度才告诉他：“我叫皙子，杨度。”当时夏衍听了，着实吃了一惊！

在夏衍的印象中，杨度显然是个很特殊的中共党员。比如，入了党，还信佛，有时还跟夏衍探讨“禅悦”之类的问题。又比如，杨度在同志间从不互称“同志”，哪怕是谈及他所敬佩的周恩来，也是开口翔宇兄，闭口伍豪先生。

这时，杨度的公开身份是杜月笙的顾问，利用这样的身份和各界要人周旋，为党收集情况；而杜月笙对杨度也很尊敬。因此1931年6月，杨度不可推卸地赴浦东筹备杜月笙家祠落成典礼。杨度本来就有胃病，由于操办杜氏宗祠落成典礼连续劳累很久，最后一病不起，于1931年9月17日去世。

真相尚未大白

1978年7月20日，《人民日报》发表了文物局长王冶秋同志写的《难忘的记忆》一文，回忆起两年前周恩来总理在病危时吩咐秘书去通知他说：“当年袁世凯称帝时，‘筹安会六君子’的第一名杨度，最后参加了共产党，是周总理介绍并直接领导他。总理说：请你告诉上海的《辞海》编辑部，《辞海》上若有杨度辞目时，要把他最后加入共产党的事写上。”

由于王冶秋是间接听到周恩来的话，故文章在公布杨度的中共党员的身份的同时，也有一些不确信息，如说杨度大约是1926至1927年左右入的党，是周恩来介绍并直接领导的。也就是说，周恩来是杨度的入党介绍人。

随后，作为当年中共党组织与杨度的单线联系人，夏衍也在1978年9月6日《人民日报》副刊上发表了《杨度同志二三事》一文，纠正了王文的一些不确，如："杨度同志的入党，是1929年秋，在李大钊同志牺牲后，他思想上发生了很大变化。他和章士钊先生奔走营救被捕的共产党员，周济被难者的家属。到上海后，他加入了'中国互济会'，捐助了一笔可观的经费。经过了一段时间的考察，经人介绍，他申请入党，经周恩来同志批准，成为中国共产党的秘密党员。"夏衍就他所知道的，充分肯定了杨度对革命的贡献。但当时中共潘汉年被打成内奸，尚未平反，夏文仅用"经人介绍"指代，致使杨度入党介绍人一度成为悬疑。

潘汉年案平反后，夏衍又写了《纪念潘汉年同志》一文，提到潘汉年如何带着他去找杨度，他如何成为中共党组织与杨度的单线联系人，以及杨度跟他谈话的一些情况。这显然是第一手资料。正如夏衍所说："跟他（指杨度）有过工作关系的人，有实事求是地说明事实、表扬他的晚年的责任。"从而使杨度晚年入党这一看似不可能的事得到进一步确认。

此外，杨云慧的《从保皇派到秘密党员——回忆我的父亲杨度》一书，提到王绍先带着亲戚陈赓上杨度家，三人密谈之事；又提到党组织派潘汉年与杨度接触、杨度为《红旗日报》题写刊头等事。有些属于耳闻目睹，有些也只是转述他人的。因此，至今，关于杨度入党的具体经过，尚有很多不解之谜。

比如，既然陈赓与杨度有乡谊关系（陈赓是湖南人），又经过王绍先介绍结识，为什么不是杨度的入党介绍人？

又比如，周恩来与杨度之间究竟有没有直接接触？王冶秋文章中提到的周总理说杨度是他介绍入党并直接领导的，仅仅是出于保护杨度家属的考虑，还是确有其事？还是和夏文一样，记忆有误？

总之，由于杨度入党是极端机密之事，有些细节可能成为永远无法揭开的谜。但不管具体经过如何，杨度从君宪救国论转向了共产主义救国论，这是千真万确之事。

（《作家文摘》总第1537期）

硬汉张奚若

·刘宜庆·

西南联大的“硬汉”教授

张奚若（1889—1973），陕西朝邑人，字熙若，后改奚若。张奚若早年入三原宏道书院读书。1900年，宏道书院改名宏道高等学堂，倡导新学，注重经世致用，造就了于右任、李仪祉（李赋宁之父）、吴宓、范紫东、张季鸾等一批海内外知名的民主革命先驱及专家学者。

1937年全面抗战爆发后，在清华任教的张奚若随校西迁，任西南联大政治学系主任。在西南联大，张奚若给学生们留下了深刻的印象：八字胡须，衣冠楚楚，手不离杖，做事一丝不苟。

称张奚若为“硬汉”的，不是联大时期他的同事，而是他的朋友——诗人徐志摩。徐志摩非常欣赏张奚若的个性，他认为，“奚若这位先生……是个‘硬’人。他是一块岩石，还是一块长满着苍苔的（岩石）”。“他的身体是硬的”，“他的品行是硬的”，“他的意志，不用说，更是硬的”，“他的说话也是硬的，直挺挺的几段，直挺挺的几句，有时这直挺挺中也有一种异样的妩媚，像张飞与牛皋那味道”。

张奚若能包容各种观点，但明显偏爱民主思想。他臣服于黑格尔严苛的批判，但他讲授卢梭时也充满激情，极富感染力。英译本的《共产党宣言》和《国家与革命》是张奚若为学生指定的必读书。

张奚若和吴晗讲课一样，经常在课堂里扯闲话，抨击腐败，针砭时弊。

有一次他讲亚里士多德说“人是政治的动物”，动物过的是“mere life（单纯的生活）”，但是人除此以外还应该有“noble life（高贵的生活）”。讲到此张奚若说：“现在米都卖到五千块钱一担了，mere life都维持不了，noble life还讲什么?!”他还不止一次地感慨：“现在已经是民国了，为什么还老喊‘万岁’（指蒋委员长万岁)？那是皇上才提的。”

张奚若的课在联大以严格闻名。鹦鹉学舌、拾人牙慧者不能得高分，因为他最欣赏有独立思考的人，哪怕与他的观点对立。联大有一个让学生谈之色变而又无限倾慕的掌故——1936年秋，只有八位极为勤奋的学生选修张奚若的课，结果四人不及格，其中一人得了零分。这件事在北大、清华，包括两校校长在内，人人皆知。

战时，他是中国民主同盟的坚定分子，课堂上，他告诫政治学系学生要成为社会改革者，而不是紧盯着官府职位。针对报考政治学系的新生，他大浇冷水——想当官的不要来，即使四年，也培养不出政治学学者，大学只是教给学习的能力和方法。他说，大学毕业如果做不了社会改革者，那至少要成为正派的政治学者；即便当平民百姓也比一心想做官强。

公开请蒋介石下野

张奚若自1925年留学回国，就开始专论重要政治问题。他在自由主义知识分子刊物《现代评论》上发表了不少政论，对国是发表自己的见解和主张，针砭时弊，对国民党政府多次提出批评。

古人云："布衣韦带之士，谈道义者多乎?"吾人应曰："布衣韦带之士，谈道义者有斯人矣!"——这是张奚若的夫子自道。

全面抗战初期，张奚若是国民参政会的参政员，他发现重庆的当权派"独裁专断、腐败无能"，意识到这个参政会不过是为国民党的一党专政装点门面，就拒不参加。有一次国民参政会开会，他当着蒋介石的面发言批评国民党的腐败和独裁，蒋介石感到难堪，就打断他的发言："欢迎提意见，但别太刻薄!"张奚若一怒之下，拂袖而去，从此不再出席参政会。等到下一次参政会开会，国民党政府并没有忘记他，给他寄来开会的路费和通知，张奚若当即回电一封："无政可参，路费退回。"

在抗战后期的昆明，张奚若一方面在联大弦歌不辍，一方面以火力十足的言论向国民党开火。

1944年冬季的一个夜晚，在联大新校舍的东食堂，联大各社团联合举办时事讲演会，"论国是前途"。张奚若在讲演中，分析了当前国内外的形势，预测抗战胜利后的形势。

张奚若首先从1944年日军发动的大陆交通线作战开始，抨击了国民党军事上的溃败，之后他话题一转，转到了经济上的物价飞涨、通货膨胀："如果这个政府比过去有什么进步的话，那就是在经济上钞票不再依靠外国进口了，自己买来了印钞机，财政政策就在一部印钞机上。军事上的‘进步’，大家看到的由河南一直溃逃到贵州，军队里的当官的克扣军饷、虚报名额的技巧比往日高明进步了。”“还有一条就是采取的独裁手段也大大‘进步’了，蒋介石只顾着打内战、消灭异己，做了多少年的梦，现在真的剿出一个‘解放区’来了。连美国盟友也不得不说，‘只有共产党才是真正抗日的’。要抗日，又把枪口对着抗日的解放区，是干什么呢？想消灭共产党，消灭得了吗？闭着眼睛不承认行吗？怎么办呢？只有一条路，就是立即成立‘联合政府’。”

蒋介石侍从室的唐纵对张奚若的讲演这样点评：“张奚若又是一个马寅初，不过时期不同，而问题则更大了。”由此可见，张奚若在西南联大的讲演，已经引起“上峰震怒”。

1946年1月13日下午1点，在重庆政治协商会议召开前夕，西南联大学生联合会邀请张奚若作讲演。在联大新校舍图书馆前的大草坪上，张奚若作了题为《政治协商会议应该解决的问题》的讲演，时间长达两个多小时，昆明各界听众多达六七千人。

张奚若一上台，无数双眼睛就追随着他，偌大的会场鸦雀无声，静待张奚若的讲演开始。张奚若一开口，就以政治学学者的洞察力，一针见血地指出了时代的病症和顽疾。他说：这个姓“中国”叫“国民党”的，抓住政权干了些什么呢？口里喊的是“富国利民”，做的尽是祸国殃民的事情。他自称是革命的政党，实际上已经成了革命的对象。

他还给国民党政府下了一断语：“好话说尽，坏事做绝。”他说：“为了国家着想，也为蒋介石本人着想，蒋应该下野。假如我有机会看到蒋先生，我一定对他说，请他下野。”

提议新中国国号为“中华人民共和国”

1949年6月15日，新政协筹备会第一次会议在北京召开，张奚若以民主教授的身份出席会议。在各小组讨论的过程中，对于新中国的国号问题，争论颇为激烈。有人提议用“中华人民民主共和国”，也有人提议用“中华人民民国”。张奚若在经过深思熟虑之后，认为使用“中华人民共和国”为国名好。张奚若说：“我们是人民民主专政的政权，人民这个概念已经把民主的意思表达出来了，不必再重复写上‘民主’二字。”

与会代表经过反复讨论，认为张奚若的提法好，一致同意新中国的国名为中华人民共和国。

后来张奚若被任命为教育部长，从辛亥革命的志士到新中国的部长，这是张奚若参政的人生轨迹。新中国成立以后，张奚若担负过许多领导工作。他除了担任过清华大学校务委员会常务委员以外，还先后出任中央人民政府委员、政务院法制委员会副主任委员、教育部部长、对外文化联络委员会主任等职，并且是第一、二、三届全国人大代表，中国人民政治协商会议第一、二、三、四届常委，中国人民外交学会会长。他以极大的热情投身于社会主义革命和建设事业。

张奚若一方面为新中国所取得的成就欢欣鼓舞，另一方面也为出现的问题而忧虑不安。他从爱护党和人民利益的立场出发给党和政府提意见，知无不言，言无不尽。这位耿直的学者，不管时代环境如何变化，对政府的批评是一以贯之的。

大胆尖锐的批评，换了别人，一定要出大问题，但1957年张奚若并没有被划为右派。据称，其中原因，一是周恩来力保，二是毛泽东虽然对他批评有些不满意，并提出了不同的看法，但又认为“张奚若是个好人”。最主要的原因是张奚若无任何政治企图和野心。在“反右”的激流中，张奚若平安登陆。他当时担任中国人民外交学会会长，“反右”后仍当会长。

“文革”开始后，张奚若是周恩来开列并经过毛泽东批准的民主人士中应予以重点保护的对象。张奚若病重期间，周恩来亲往医院探视。张奚若对周恩来十分敬佩，曾语重心长地告诉亲友：“周总理真是我们的国宝！”

1973年7月18日，张奚若在北京病逝，享年85岁。

（《作家文摘》总第1869期）

钱穆的新亚十六年

·庞 溟·

两手空空创办书院

1949年，54岁的钱穆应华侨大学之聘自上海孤身南下广州，在街头偶遇老友浙江大学文学院院长张其昀。张其昀说自己准备去香港办一所“亚洲文商专科夜校”，并已约好原浙江大学哲学系主任谢幼伟、农业经济学家吴文晖和原北京大学政治学者崔书琴等人。“本无先定计划”的钱穆当即决定赴港。

其后，吴文晖中途退出到中山大学任教，张其昀因被台湾方面聘请为“教育部长”未能赴港，谢幼伟又到印度尼西亚《自由日报》任总编辑。到1949年10月10日晚借用华南中学在香港九龙伟晴街课室三间开校上课时，亚洲文商专科夜校倒成了院长钱穆、教务长崔书琴的筹办之功。根据校友唐端正的回忆，开学典礼就是由钱穆亲自主持的。唐端正并不熟识钱穆演讲时慷慨激昂的无锡口音，只听懂了几次出现的词组："复兴中华""复兴中华""复兴中华"。

在回忆这段办学往事时，钱穆坦言"文化教育是社会事业，是国家民族历史文化的生命"，自己见到许多因为战乱而流亡滞留香港的青年，"到处彷徨，走投无路"，实在不忍见他们失学，同时也觉得"自己只有这一条适当的路可以走。虽然没有一点把握，但始终认定这是一件应当做的事"。

亲睹夜校创办全过程的新儒家主将徐复观称学校就像"乞食团，托钵僧"，创办者"日则讲授奔走，夜则借宿于某一中学课室。俟其夜课毕，则拼桌椅以寝；晨光初动，又仓皇将桌椅复原位，以应其早课之需"。直至在创校次年得上海商人王岳峰义助，租下九龙深水埗桂林街的两层楼房为校舍，才得以由夜校变为日校，并改校名为"新亚书院"。

纵然条件稍有改善，根据新亚书院第一批三位毕业生之一的余英时忆述，新亚书院仍远谈不上"大学"的规模。不到两百平方米的桂林街简陋校舍，竟被隔成学生宿舍、办公室、四间课室，以及供校长钱穆、新教务长唐君毅、总务长张丕介三家人居住的单间，更无可能备有图书馆。学校早期并无严格的系科，数十名学生只能被笼统归为文史、哲教及经济三系，依次由钱、唐、张三位先生主持。到缴付房租和水电费时，往往还需要钱穆以私蓄垫支，甚至要拿张丕介妻子的首饰去典当。

新亚书院早年的教师中不乏久负盛名的学者，如甲骨文专家董作宾、历史学家左舜生、教育学家吴俊升、国学家罗香林与饶宗颐、经济学家杨汝梅、书法家曾克端等。

向香港教育司办理立案时，钱穆在申请表格的"教师待遇"一栏中写上“每月支给港币八百元”。教育司的职员问经费何来，钱穆回答说没有来源，只是“因为你们本地的官办小学，教员月薪都是这种待遇，而我邀请的老师，都是曾经在大学里教过十年二十年的教授，我绝不能把他们的待遇填得太少了”。职员又问：“万一他们知道了，来问你要钱呢?”钱穆笑着说：“凡是知道我空手办学校的目的，而愿意来帮忙的朋友，就不会计较这些的。”

新亚书院开局虽小矣，但钱穆在心中为其谋划的格局却非常大。钱穆所谓之“新亚”，不仅仅是“新的亚洲文商”，更是“新亚洲”，希望“香港也真成为新亚洲的一重要的新邑”。新亚书院的招生简章更是提出“上溯宋明书院讲学精神，旁采西欧大学导师制度，以人文主义之教育宗旨，沟通世界中西文化”。

新亚书院成为香港的学术重镇

随着时间的推移，来访新亚书院的著名学人逐渐增多，但限于学校的规模和经费却无法一一聘请。在钱穆的倡议下，新亚书院设立了一个文化学术讲座，利用桂林街校舍四楼大教室晚间无课的时间，每周末晚上洽请各地来港知识分子做公开的学术讲演，校外来听讲者常至满座，留宿校内的学生只能挤立墙角旁听。在三四年间，讲演学者有林仰山、徐訏、董作宾、沈燕谋、罗时宪等凡四五十人，一百五十多次讲演遍及新旧文学、中西哲学、史学、经学、宗教、艺术、社会学、经济学等专题，其中钱穆主讲有中国史学之精神、老庄与易庸、黑格尔辩证法与中国禅学、孔孟与程朱等二十一讲，成为讲座的核心力量。

钱穆在大陆时是“望重一时的学者”，曾在燕京大学历史系读书的余英时“早就读过他的《国史大纲》和《中国近三百年学术史》，也曾在燕大图书馆中参考过《先秦诸子系年》”。但在香港这片殖民地，钱穆的影响力与号召力终有不逮。作为独立的非牟利教育机构，新亚书院在建校之初未能得到资金支持，与当时香港唯一的精英学府香港大学相比，就像是隔着维多利亚港的九龙贫民区与港岛半山区那般有着天壤之别。

就像钱穆亲撰策励师生的新亚校歌所言，这些“手空空，无一物”的书生，为了护持、延续、发扬已经花果飘零、濒临灭亡的中国传统文化学术命脉，明知道“路遥遥，无止境”，仍然咬紧牙关办学，辛勤耕耘，百折不挠，终能克服诸般困难，让新亚书院逐渐成为香港傲然矗立的学术重镇，赢得各方的关注、尊重与支持。先后获台湾当局每月拨给港币三千元、美国耶鲁大学雅礼协会每年补助二万五千美元，并得亚洲协会与哈佛燕京社资助新亚研究所，由美国福特基金会捐款在九龙农圃道自建新校舍。

1955年，港督兼香港大学校监葛量洪在香港大学毕业典礼上授予钱穆名誉法学博士学位。1960年，钱穆又获耶鲁大学颁赠名誉博士学位，一生未上大学的钱穆，在典礼上依旧穿着普通衣服而非礼服方帽，以强调他只是以普通人的身份接受荣誉学位头衔。

有一年暑假，香港奇热，余英时去探望得了严重胃溃疡的钱穆，发现老师孤零零一人躺在空教室地上养病。余英时心中难过，问可有事需要帮忙，钱穆说想读王阳明的文集，于是余英时去商务印书馆买了一部文集。多年以后，余英时依然难忘自己回来时的情形，“他仍然是一个人躺在教室的地上，似乎新亚书院全是空的”。辗转流离、漂泊异乡的钱穆，心中该有多孤独、多疲惫，旁人或许永远不会知道了。

一位有着文化关怀的历史学者

新亚书院创办之初，学生学力程度参差不齐，依余英时的说法，“在国学修养方面更是没有根基……因此钱先生教起课来是很吃力的，因为他必须尽量迁就学生的程度。我相信他在新亚教课绝不能与当年在北大、清华、西南联大时相提并论”。

这些学生不少都来自于难民营，早上干采矿修路的苦活，傍晚赶回学校听课，“更有在学校天台露宿，或晚间卧于三、四楼之楼梯者”。用他们自己的话来说，“我们进教堂，只可以获得半天的安慰；我们进了新亚书院，好像重新得到了一个家，整个心灵获得了寄托和慰藉”。而自新亚开校以来，从没有学生因为欠付学费而被退学，也让人对新亚书院的敬意油然而生。

毋庸讳言，钱穆在裹挟与洗刷了所有个体人生轨迹的时代洪流面前，依然从传统中苦苦寻求应对时代变迁的新价值，同时又不可能完全回避在香港处处可以感受到的新文明的挑战。这种内心的矛盾、挣扎、困苦与彷徨，在钱穆的讲稿中亦处处可见。

他认为“魏晋南北朝时代的人，生活上可算十分自由写意，但弊在国家不统一，社会不安定，贫富不平均，所以不算是一个好的时代。今日的英国，三岛仍不统一，可见也称不上好，只是有殖民地而已。所以，如有人要崇拜欧洲，则不如看看自己国家的南朝时代，欣赏自己的魏晋时期”。他感慨“西方国家在民主政府未出现时，王室可随便动用国库的钱，其弊病乃是不懂得将国库与王室之税收分开管理。故西方要逼出民主政府，由政府设机构监管，才使财政上轨道，中国则不必有民主政府，早有一良好制度了”。他也宁愿相信“中国贵族较西洋的好，因为是讲人情。如中国将来有资本主义，可能亦比西洋的为好”。

在论及影响中国经济上千年的两税制改革时，钱穆更是直接联系到当时的现实：“今日台湾的平均地权政策或大陆的共产主义土地制度，可以说是民国以来，中国已恢复到两税制度以前所看重的土地问题上来了。”

新亚书院与香港中文大学

20世纪50年代末，香港人口已超过300万，却依然只有以培养文官人才为教育目的、以英语为教学语言的香港大学一家高等学府，大批在中文学校接受教育的青年升学压力巨大，让政府不得不开始着手扶持或设立新的高等教育机构。

1959年秋，新亚书院已发展成为拥有八系一所、450余名学生并享有盛誉的学校。同年，新亚书院接受港英政府建议，改为香港第一所私立专上学院，参加统一文凭考试，并接受政府直接补助。

钱穆出于收容流亡学生的意义不再、提高书院待遇、保障经费来源、让毕业生文凭获得政府承认等方面的考虑，亲自出面一一说服那些担心加入大学后书院原有人文主义教育理想不易维持的教员，促成了新亚书院在1963年与崇基学院（1951年创立）、联合书院（1956年创立）合并为香港中文大学。这是继香港大学以后的又一所高等学府。

不过，在钱穆欢迎英国大学委员会代表富尔顿考察新亚书院的讲辞中，也体现了新亚书院当时的这种矛盾。钱穆从香港教育界的立场出发，认为香港的确应该添设一所大学，而作为一个中国社会的香港需要的应当是一所中文大学，既可保存中国的优良文化传统，又可谋求中西文化的沟通。另一方面，钱穆站在新亚书院的立场，用恳切的语气说："这一段（新亚十年）精神，我们自认为值得要请校外人士了解与同情。"

钱穆既坚持要用"中文大学"的校名，又坚持要用中国人担任第一任校长，以区别于当时香港大学盛行的英国精英教育。在合并后相当一段时间里，三所书院实行的是事实上的联邦制，保有各自独立的校董会并维持教学及行政上的独立，大学仅负责颁授学位等工作。

但逐渐地，新亚书院的文化学术理想被政府刻意扭曲和压制，在种种摩擦与角力后，新亚的精神只变成口头上的名称，其内涵几乎荡然无存。

在多次请辞不成后，钱穆向新亚书院请长假。1964年6月，钱穆终于辞去新亚书院院长一职，并于1965年正式离开新亚，结束了在香港十六年倾注心血的办学生涯。

究竟是什么让钱穆心灰意懒？是与行政模式和中文大学办学理念的龃龉？抑或是新亚内部人事纠纷与"新亚精神"的渐渐变质？至今未有定论，唯一能够确认的是，钱穆放弃了可以补发的新亚自成立以来未发的一大笔薪水，而且并未申请在当年足以买房囤地的一次性数十万港元退休金，钱穆坚持辞职以示明志存节，不带走一分一毫。时年已过六十的他从无置产，其晚年不可谓不清苦凄凉。

在离校前最后一个毕业典礼上，钱穆弃着博士袍，只穿一身中式黑褂，从容寄语："人生有两个世界，一是现实的俗世界，一是理想的真世界。此两世界该同等重视。我们该在这现实俗世界中，建立起一个理想的真世界。"

1966年，钱穆移居台北，成为台北“中央研究院”院士、“故宫博物院”特聘研究员，每月薪酬仅二万新台币。

1990年8月30日，钱穆逝于台北杭州南路寓所。

（《作家文摘》总第1873期）

一生爱好是天然——美术通人鲁迅

·黄 薇·

在众多回忆鲁迅的文章中，萧红的《回忆鲁迅先生》是写得尤为真挚自然的名篇。其中讲到某一日，萧红穿了新裙子来鲁迅家，讨教先生的意见，鲁迅说她用红上衣配咖啡色格子裙显得太浑浊，继而发了一通评论："人瘦不要穿黑衣裳，人胖不要穿白衣裳；脚长的女人一定要穿黑鞋子，脚短就一定要穿白鞋子；方格子的衣裳胖人不能穿……"

萧红于是问："周先生怎么也晓得女人穿衣裳的这些事情呢？"鲁迅答曰："看过书的，关于美学的。""什么时候看的……""大概是在日本读书的时候……"

此番鲜活的对话至今读来仍忍俊不禁。实际上，鲁迅对美学或曰美术颇有研究。鲁迅爱买书，据学者统计，从他到北京工作至逝世的25年间，收入的十分之一都用来购书，位列家用、购房后的第三大开销。鲁迅的书账也记得格外详细，在他庞杂的书单中，美术相关书籍约占每年购藏的五分之一。

收藏家鲁迅

周氏兄弟长大后先后负笈东瀛。明治时期的日本处于艺术西化风潮兴盛、现代美术制度确立的时期，鲁迅在日本大量接触西洋美术，开始有意识地收集画谱。鲁迅向来对图像的功能十分敏感，1906年直接触动他弃医从文的，并非文学，正是“关于战事的画片”上麻木的中国人。1908年他和周作人、许寿裳等一起筹划创办介绍外国文学和美术的刊物《新生》，虽然《新生》最后因“资本逃走了”而夭折，但那时鲁迅就计划“准备利用图画做宣传工具了”。

1912年，鲁迅受教育总长蔡元培之邀北上京城，被聘为教育部佥事、社会教育司第一科科长，主管美术馆、博物院、图书馆等事宜。除了有同乡这层关系，蔡元培也略知鲁迅对美学美育富有心得，他毕生注重美育，提倡“美育代宗教”，但时人能体会的非常少。蔡元培指派鲁迅到教育部暑期演讲会讲授《美术略论》，鲁迅日记中记载一共演讲了5次，不过听众多则二十几人，少则几人，有次他冒大雨赴约，结果一个人也没来。局面如此惨淡，也没让他完全挫败，鲁迅在1914年还组织开办了中国第一次儿童艺术博览会，并择优作赴巴拿马万国博览会参展。

鲁迅的公务员生涯长达14年，过得并不很开心。他刚到北京的头几个月，蔡元培就被迫辞职，新任总长范源濂用道德教育代替了美育课，鲁迅对此愤愤道：“闻临时教育会议竟删美育，此种豚犬，可怜可怜！”教育部的差事是个闲职，鲁迅在日记中写“枯坐终日，极无聊赖”。

为了不白白浪费时间，鲁迅开始搞收藏，那时琉璃厂还叫“留黎厂”，他一有空就饶有兴味地去淘宝，搜集了不少金石拓片、碑帖、版画、古钱币，甚至古砖，并辑校《嵇康集》等古籍。民初乱象发展到袁世凯决计称帝时，政治空气日益紧张窒息。抄古碑成了鲁迅逃避世事浊恶、麻醉自我的一种方式。

设计家鲁迅

鲁迅与美术青年交流时自谦不懂画，在给魏猛克的一封信中曾评价自己：“我不能画，但学过两年解剖，画过很多死尸的图，因此略知身体四肢的比例。”其实他不仅懂行，专业，也常亲力亲为做设计。

1909年鲁迅在杭州两级师范教书时，画在备课笔记封面上的一只猫头鹰留存了下来，不仅被后来的传记作者用以封面装饰，还常作为LOGO出现在有关鲁迅的大型美术展览上。猫头鹰造型线条简括，极为精炼传神，如今看来仍极富现代性，有专业人士称“绝不是信笔拈来之作”。沈尹默曾描写鲁迅，“在大庭广众中，有时会凝然冷坐，不言不笑，衣冠又一向不甚修饰，毛发蓬蓬然，有人替他起了个绰号，叫猫头鹰”。鲁迅一直将这种传统文化中的不祥之鸟引为知己，用以自况，“我有时决不想在言论界求得胜利，因为我的言论有时是枭鸣，报告着不大吉利的事……”

还有两个著名的设计也出自鲁迅。民国初立，刚到北京的鲁迅便与同事许寿裳、钱稻孙一同受命设计了国徽图案，相当一段时间内北洋政府的钱币、旗帜、勋章上都使用了这一图案。国徽设计颇似欧洲古老世族的家徽，按照鲁迅撰写的说明文字，创意脱胎于《尚书》，图案包含日、月、星辰、山、龙、凤、总彝、藻、火、粉米、黼、黻等古代冕服制度中的12种吉祥物，又被称作“十二章图”，象征国运久长太平。

1917年，蔡元培在上任北大校长的第二年，要设计校徽，没有聘请美术专业人士，而是径直找到了鲁迅。鲁迅的作品被刘半农戏称为“哭脸校徽”，其实相当简洁有力。北大两个篆字上下排列，“北”字像背对背侧立的两个人，有如一人背负二人，寓意三人成众，北大人肩负开启民智之重任。徽章结构紧凑，形似一具脊梁骨，又可延伸出国家民主进步脊梁之意。这个校徽一经提交即被采纳，一直用到1949年，在20世纪80年代重又启用，现在的北大校徽就是在鲁迅设计基础上丰富而来的。

鲁迅爱书如命，他的平面设计才华，同样辐射到书籍装帧领域。他是作家中最早关注书刊设计的人，早在1909年的日本，他就为与周作人合译的《域外小说集》设计了封面；一生设计的书刊封面多达六七十种，堪称中国现代书刊装帧设计的先驱。他给自己的小说集《呐喊》设计的封面，暗红底色上压着扁方的黑色块，压抑之感袭来，中间是书名和作者名的阴文。“呐喊”两字也有用心，两个“口”偏上，喊字的“口”刻意居下，很像人在高声喊叫时的口形，也正契合了集子“铁屋中的呐喊”的主题。

鲁迅甚至画过建筑设计图，早年归国后即为表弟郦辛农家设计了一幢屋子，据亲友回忆，造型功能都颇有日风；1923年兄弟失和后，鲁迅购得西三条胡同的房子，亲自设计改建、监督施工，著名的“老虎尾巴”即出于此。

鲁迅还被尊为“毛边党”党魁。鲁迅曾表白，“我喜欢毛边书，宁可裁，光边书像没有头发的人——和尚或尼姑”。但毛边书边裁边读的闲情雅兴，难为大众接受，影响销量。鲁迅曾在文章中霸气地写道："与李老板（即北新书局李小峰）约：别的不管，只是我的译著，必须坚持毛边到底！"不过随后他就沮丧地发现，除了送他的几本样书外，书铺里售卖的还是"毫无'毛'气、四面光滑"的书，继而感叹改革社会之不易。

艺术赞助人鲁迅

有学者称"鲁迅是世界美术史上的一位通人"。鲁迅在日本时就通读当时所能读到的西洋文艺史，后来亲自编译了《近代西洋美术史潮论》，他很早就评议过高更、蒙克、梵高等画家，私藏的画册里各流派无所不及。

上海繁荣开放，现代书店林立，买西洋画册比在北京容易多了，除此之外，鲁迅还请托留洋的徐梵澄、曹靖华等晚辈替他在欧洲、苏联搜购版画，他也买漫画大观与时人的画集，并保持着一贯的趣味，继续购藏佛道墓志的拓本。鲁迅的美术视野无疑异常开阔，而他在1929年选择发起新兴木刻运动，不单是雅好的驱使，更着眼于对现实的影响。

鲁迅对美术作品质地不肯苟且，往往很挑剔。施蛰存回忆鲁迅翻译的《文艺与批评》排印时，曾请他加入一幅苏俄文艺家卢那察尔斯基的肖像，叮嘱要做成三色铜版。因为鲁迅一直不满意，最后反复重印4次才获首肯。施蛰存虽被折腾得够呛，但也感慨鲁迅对于艺术"从来不随便"，而那张插图画像，"是当年上海所能做出来的最好的三色版"。

许广平说鲁迅每每亲手做信封，有时用别人寄来的信封翻转面来重做；平日里一切包裹纸、纸袋摺得平平整整，绳子也卷好，随时可以应用，就是如此节省物力。曹聚仁回忆鲁迅除非万不得已，最不愿意借书给别人，一部新书到手，连忙依分类急急包裹起来，连用绳子都有讲究；有时还自己拆散修理线装书，重行装订。

但对木刻青年，为了他们能开眼界、汲取各家之长，鲁迅热心自费出版本国、外国的版画集，连送带寄。早期常和他合作书封设计的陶元庆，36岁病故，是鲁迅出了300大洋为其置坟。逝世前一年，鲁迅在病中自费出版了《凯绥・珂勒惠支版画选集》，扉页印着“有人翻印，功德无量”，鼓励“盗版”，只愿该书能广为流传。

萧红回忆鲁迅病重时，“不看报，不看书，只是安静地躺着。但有一张小画是鲁迅先生放在床边上不断看着的”。画是一张苏联画家着色的木刻，小得和纸烟包里的画片差不多，“画着一个穿大长裙子飞散着头发的女人在大风里边跑，在她旁边的地面上还有小小的红玫瑰的花朵”。萧红问为什么鲁迅先生有那么多画，独选了这张放在枕边，“许先生……也不知道”。无人能知晓。死亡轰然降临的前夕，纯粹的美与空宁，占据这片刻。

（《作家文摘》总第1971期）

民国学界伯乐林宰平

·张建安·

当今之世，仰慕梁漱溟、熊十力、沈从文、金岳霖、牟宗三诸大家的人不计其数，而在他们心目中，林宰平是民国时期非常了不起的一位学界伯乐。

发现沈从文

1925年5月8日，正在北京试图通过写作闯出一条生存之路的沈从文突然间激动万分。因为他第一次见到有人在报纸上称赞他的文章，这个人就是学界颇为知名的林宰平。

沈从文当时虽然已开始在《晨报》发表文章了，但他穷困潦倒，竟然没有钱去买报纸。林宰平（报纸上署名为"唯刚"）发表在《晨报》的《大学与学生》一文，是沈从文的一位朋友看到后专门送给沈从文的。文中写道："上面所抄的这一段文章，我是作不出来的，是我不认识的一个天才青年休芸芸君'遥夜'中的一节。芸芸君听说是个学生，这一种学生生活，他是很曲折的深刻的传写出来，——‘遥夜’全文俱佳——实在能够动人。”“休芸芸”正是沈从文当时的笔名。

此时的沈从文23岁，刚刚从湘西来到北京不久、正处于颠沛流离阶段。而林宰平已经46岁，他早年在东京帝国大学攻读过法政、经济学，“生平爱艺术，好朋友，精书法，能诗文”，与清末民初王运、林琴南、陈三立、梁启超、蔡锷等文化名流相友善，经常诗酒相酬。他还主持过成立于1910年的尚志学会。尚志学会以谋学术及社会事业之改进为主旨，从事多种文化事业，编译出版了40多种科学书籍。在20世纪二三十年代，林宰平还先后任教北大、清华，在学界颇有名望。

林宰平不仅在文章中称赞沈从文，在得知他的艰难处境后，林宰平和梁启超一起推荐沈从文到香山慈幼院图书馆做办事员。沈从文由此渡过了一个难关，算是有了一份固定的工作。此后，林宰平还常在经济上帮助沈从文。可以说，沈从文日后能成为中国的文学家，离不开林宰平的鼓励和帮助。

礼遇梁漱溟激发熊十力

1920年秋，梁漱溟刚刚27岁。他虽然已被蔡元培聘为北京大学讲席，但毕竟还是一位学界新人。有一天，林宰平偕同梁启超、蒋百里专门到梁漱溟家拜访，与梁漱溟进行佛学交流。梁漱溟曾在92岁时专门撰写回忆林宰平的文章，称：“闵侯林宰平先生讳志钧，是我衷心尊敬服膺的一位长者。当我奉教于先生之始年二十四耳，而今为此文既九十二矣。”

新儒家代表熊十力是在北大哲学系任教时与林宰平结识的。林宰平虽然比熊十力大6岁，但称呼熊十力为“老熊”，对其非常友善。熊十力与梁启超交往，以及居住北海公园快雪堂“东坡图书馆”读书，都是林宰平的安排。对于雄心万丈、睥睨古今的熊十力，林宰平经常故意挑刺、诘难，促使熊十力思路泉涌、往来答复，不亦快哉。

林宰平、熊十力、梁漱溟有段时间的交往可称为学界美谈，熊十力如此记载：“无有睽违三日不相晤者。每晤，宰平辄诘难横生，余亦纵横酬对，时或啸声出户外。漱溟则默然寡言，间解纷难，片言扼要。余尝衡论古今述作得失之判，确乎其严，宰平戏谓曰：老熊眼在天上。余亦戏曰：我有法眼，一切如量。”

在很多文章中，熊十力都提到林宰平，称：“知我者，莫过宰平也；知宰平者，莫过我也。”某种意义上，林宰平何尝不是熊十力的伯乐。

对金岳霖、牟宗三发表意见

哲学家金岳霖现在已成为经典著作的《论道》，在刚印出时却只有一个人表达了意见并在以后一直予以鼓励，这个人就是林宰平。对此，金岳霖铭记在心，直到晚年还回忆：“林宰平先生是一个了不起的中国读书人，我认为他是一个我唯一遇见的儒者或儒人。他非常之和蔼可亲，我虽然见过他严峻，可从来没有见过恶言厉色。我的《论道》那本书印出后，石沉大海。唯一表示意见的是宰平先生。《哲学评论》时代，他一直是鼓励我的写作的。”

林宰平甚至也称得上第二代新儒家代表牟宗三的伯乐。牟宗三在北大哲学系毕业时写出了《从周易方面研究中国之玄学及道德哲学》。这本书当时基本上没有几个人能理解，也没有书店愿意印刷，牟宗三只好自己筹资出版，分送师友。林宰平是第一位对这本书大加赞赏的，这对于曾饱受磨难的牟宗三是多大的鼓励。所以，牟宗三在《五十自述》特地写道："我此书在北大毕业那年即已写成。林宰平先生见之，大为赞赏。稍后沈有鼎先生则说是'化腐朽为神奇'。"

温和的前辈

作为老一辈学者，林宰平最令人称道的就是对待青年后进的态度。

张中行比林宰平小30岁，在他的记忆中，林宰平从来没有长辈架子，"我有幸认识林先生，开始于1947年。其时他住在和平门内，我去谒见，是为我编的佛学月刊征稿。林先生不习惯写零零碎碎的应酬文章，但他客气，惟恐拂人之意，于是不久就写了一篇，这就是发表在第四期的《记太虚法师谈唯识》。此后，因为愿意亲近林先生的温和，听林先生的广博见闻，我隔个时期就去一次，表示问安。林先生总是热情接待。""我的印象，最突出的是温和。我认识的许多饱学前辈，为人正直、治学谨严的不少，像林先生那样温和的却不多见。不要说对长者和同辈，就是接待后学，也总是深藏若虚，春风化雨。我想这就是他的声音笑貌所以总不消失的原因。"（张中行《负暄琐话》）

（《作家文摘》总第1986期）

李济：从清华园到殷墟

·阿 忆·

进清华的三个契机

李济最早是清华学堂的学生，后来考上官费留美，在麻省克拉克大学学心理学，与徐志摩同班同宿舍。本科毕业后，李济觉得心理学不科学，转而攻读社会学硕士，徐志摩去哥伦比亚大学改学银行学。最后，李济去哈佛人类学系，拿下了博士学位。

李济进清华有三个契机。第一个契机，是他从美国留学归来，在南开教人类学。南开校长张伯苓1924年底问李济，人类学的好处是什么，李济听了非常不高兴，他觉得校长问这话，意思是说你能不能教点有好处的东西，所以李济回答说，人类学什么好处也没有，他觉得继续留在南开是浪费才能。第二个契机，华盛顿的弗利尔艺术馆组织了一个中国考古发掘队，但他们不熟悉中国，想找一个中国学者来主持，他们就找到了李济，李济辞别南开，决定利用外资搞科研。第三个契机，当时，梁启超为清华组建国学院，他是考古学会会长，但他不大懂现代考古，希望李济来清华讲授科学考古。三个契机合在一起，1925年曹云祥校长发出聘书，李济应聘为清华国学院讲师。按现在的话说，李济是带着项目进清华的。

李济发表了一个演讲，说中华大地下面到处是宝，只要你弯身捡，一定能捡到，你会发现，中国的古代不是五千年，而是十二万五千年。

弗利尔艺术馆的中国考古项目是1924年底来找李济，但直到两年后，双方才谈妥合作原则。因为李济提出了两个不容置疑的条件：第一，外国人到中国来考察，一定要有中国学术团体参与；第二，所有考古发掘的古物，为中国所有，必须留在中国。美国人不同意，他们认为发掘经费是自己出的，发掘出来的东西就应该为我所有。李济寸步不让，坚持所有发掘出来的古物必须留在中国，不能出境。后来国民政府的文物保护法规和新中国的文物保护法，基本都遵循了李济提出的这两条原则。1926年，李济在清华国学院任职一年后，美国人最终答应了。

于是，李济开始主持弗利尔的中国考古队。

发现西阴村遗址

1926年，李济和袁复礼一起，去山西考察。他们最终确定的目标是夏县，那里是传说中的夏朝都城，但一直没有确凿的实物证据。他们来到夏县西阴村，发现那地方大有可为。

不过，李济不幸得了斑疹伤寒，情况危急，被送回北京。李济的爸爸笃信中医，用中医偏方耽误了救治时间。清华照澜院1号住着赵元任导师，赵元任的太太杨步伟是医生，是日本留学回来的医学博士，她跟李济的爸爸说，你再这么耽误下去，你这独生儿子就没了。杨步伟不跟李济的爸爸商量，自作主张，把李济送进了医院。医院说，再晚来几小时，这人就完蛋了。

1926年冬天，李济完全复原了，他和袁复礼回到西阴村。

李济率弗利尔发掘队在西阴村考古，是有史以来中国人第一次主持现代考古发掘，他把大坑分成若干方格，便于一个格一个格地发掘。李济说，每一格的土，我都是用5个手指头筛出来的，所以筛得极细。台北故宫里陈列着的半个蚕茧，那就是李济在西阴村发现的。李济后来去了台湾，他把这个蚕茧带到了台北故宫，成了镇馆之宝。

西阴村考古于1926年底结束，成果颇多。李济找来50多匹骡马，把9大车新石器时期的文物从山西运往北京。李济回来以后还写了《西阴村史前的遗存》，出了一本书。

亲自启动殷墟考古

1929年，中央研究院成立历史语言所，简称“史语所”，傅斯年是所长，他聘李济当考古组组长，李济从此辞别清华。

河南殷墟考古，从1929年到1937年卢沟桥事变，一共发掘了15次，李济亲自主持的有5次，深入视察的有两次，所以一半次数跟他相关。

启动殷墟考古时，中国人的态度是保守的。戴季陶曾给政府一个提案，要废除考古，他说我们中国人不要这东西，这是在侵犯祖先。所以当时考古环境很差，官员不支持，民间一直在盗墓。就是在这样的情况下，殷墟考古启动了。

1929年初，参加殷墟考古挖掘的都是小屯村的农民。为了给他们作表率，李济首先要求所有做考古研究的人，都必须终生不搞收藏，让农民看到我们是做科学研究的，绝不用专业去发财。他告诉农民，我们是发掘队，不是挖宝队。

考古学家不收藏，这个作风一直延续。李济去世时，家里没有一件文物，他儿子收到的遗物，只有台北故宫博物院送给李济的几件仿制品。

1929年10月，殷墟第三次发掘，但被迫中断。因为河南政府派来了一支挖宝队，致使考古发掘停顿了一年。

李济在这段时间做了两件事：第一，鉴于盗墓情况严重，他呼吁政府一定要颁布一个文物保护法，所以1930年国民政府颁布了《古物保护法》，像后来的《中华人民共和国文物保护法》一样，规定所有地下宝藏归国家所有，私人不得挖掘。

另外，李济还提出了类型理论，即对所有发掘出来的器物，不再根据它们的用途来分类，而是根据它们的形状、外观比如颜色和彩纹、材料来分类。也就是说，一个地层法，一个分类法，都是在殷墟考古过程中确定的。

殷墟考古最大的发现，是1936年发现的甲骨坑，叫127坑，这里面有一万七千多片甲骨。

国博的镇馆之宝过去叫司母戊鼎，现在叫后母戊鼎，商朝人写字，朝左朝右不严格，过去认为是“司”的这个字，其实是向右倒过来的“后”字，这后母戊鼎就是在殷墟发现的。此外，殷墟还出土了大量的精美青铜器。

因为殷墟考古，一套现代化的考古方式被确定了下来。殷墟考古还留下了一大套考古学家的班底，留在大陆的考古所所长夏鼐和尹达，都是李济的学生，还有一些弟子被李济带到了台湾，总之两岸最棒的考古学家，都曾参加过殷墟考古，所以殷墟考古被称为“中国考古学家的摇篮”。

在中国的考古发现中，质量最高影响最大的是殷墟考古，它一直排在第一位。李济很为此得意，临去世前几年，他还用英文口述的方式，出版了《安阳》一书，回忆殷墟考古过程。

李敖说李济“严肃而不可亲，态度跋扈专横”，但又承认他是“最后一个迷人的学阀”。

（《作家文摘》总第1986期）

时代风骨的群像

一百年来影响了中国的先生们

·何树青·

先生，不唯指教人知识让人考试不挂科的人，更指言传身教以处世立身之道的人。

先生，也许是小学教员，也许是大学教授，也许是躲在课本背后的无名英雄。先生，也许是学术大家，也许没有什么大学问，也许小节有亏，但大节不乱。先生，纵你已成人，他已过世，他仍对你有影响，你仍尊其为先生。

20世纪的先生来了

甲午战争前后，维新思潮和维新运动兴起，康有为在广州开万木草堂，其学生梁启超在长沙时务学堂任中文总教习（谭嗣同任分教习），盛宣怀在天津开中西学堂、在上海设南洋公学。康梁谭办校、办报、办学会、参与变法、倡废科举和设新学堂，与严复等共同成为开启近代中国民智的20世纪的中国先生。

谭嗣同，这位感慨“四万万人齐下泪，天涯何处是神州”，把《明夷待访录》《扬州十日记》等含有民族和民本意识的书籍发给学生的先生，在1898年变法失败而有机会出国避难之际，说的是：“不有行者，无以图将来，不有死者，无以召后起。”刑场上观看者上万人，而之后“有心杀贼”的国民远超千万人，包括谭的粉丝蔡元培。1902年身为民间“中国教育会”会长的他，负责爱国女校和爱国学社，暗中教男生制炸弹、教女生学暗杀，后来学生多参加同盟会和辛亥革命。

康有为，这位“公车上书”后力推“百日维新”的知识分子，在1902年写就的《大同书》中，创造性地设计了“大同”社会里中国人从母亲怀孕进入本院接受胎教、到婴儿断乳之后进育婴院、3岁后再进慈幼院、6—11岁进小学院、11—15岁进中学院、16岁以后进大学院的完整教育体系，强调男女入学资格和毕业出路平等。他和他的学生、读者，都成了国家进步的推手。

梁启超，这位“百科全书式”的维新首领，笔耕不止，为“兴民权”而“开民智”，倡导师范教育和女子教育，改革儿童教育，期待教育出具有自动、自主、自治、自立品质，融民族性、现代性、开放性于一体的国民，“新民”。

严复，这位中国第一代英国“海归”，除了在福建船政学堂和天津水师学堂培养出中国第一代海军人才，更以《天演论》等“严译八种”传播西学于后世，“物竞天择，适者生存”振聋发聩。除了“信达雅”的翻译三字论，他的“鼓民力、开民智、新民德”三育论更令他成为中国构建教育目标德智体模式的第一人。11年后的1906年，王国维首次提出德、智、体、美四育并重的教育宗旨。

1906年，自隋代起实行了1300年之久的科举考试制度终结，同年在日留学生已达8000名以上，包括鲁迅。1909年，全国5000多所新式学堂里，在校学生超过160万人，同年“庚款兴学”遣派留美学生计划开始实施，包括梅贻琦（次年第二批包括竺可桢、胡适、赵元任）——新一代的中国脊梁和中国先生，即将从新式学堂和留学生中诞生。

1909年12月8日，在湖南请愿代表团启程前往上海与各地代表汇合，要求朝廷“速开国会，清厘财政，以保主权”之际，32岁的长沙修业学校教师徐特立，在学校演说到悲愤处，拿刀斩断左手小指，用断指写下“请开国会，断指送行”八字，让代表带去请愿。毛泽东后来回忆说：“这给了我对革命的第一次感性认识。”

1912—1949年：学生不多，先生不少

1912—1949年，中国大学生不多，大学教师也不多。有学者统计，1934年，中国高校共有108所，学生41768人，教员7205人，其中教授2801人——相对2007年，中国已有2371所高校、在校生2700万人、专任教师116.83万人。

在北大，既有发起新文化运动的陈独秀、李大钊、鲁迅、胡适、钱玄同、刘半农、沈尹默等，又有政治保守而国学精深的黄侃、刘师培、黄节、辜鸿铭、崔适、陈汉章等先生。投考北大落选但发表过佛学《究元决疑论》的梁漱溟、地质学家李四光、作家莎菲、应邀从日本回国的徐悲鸿，都因主张“思想自由，兼容并包”和“教授治校”的第六任校长蔡元培而获教席。1918年的217位北大教员中，教授90位，平均年龄30多岁；透过教学、文章和社会事务，他们的影响力波及全国，成为领导全国青年治学、爱国、改

造社会的先生。

“南开先生”张伯苓创办了南开的中学、大学、女中、小学、研究所系列，并种下了中国人的奥运梦。他亲自编剧、导演、演出文明戏，学生演员包括周恩来、曹禺。他请到徐剑生、陈子诚、阮北英、李抱忱等音乐名师，教出后辈声乐家。他倡导“公”“能”教育，“大家都说中国有我，中国就有办法了”。

1917年，在上海南洋公学特班读书时师从蔡元培的黄炎培，在上海发起“中华职业教育社”，次年创立中华职业学校，为个人谋生、个人服务社会、国家及世界增进生产力之准备。其后更办校无数，桃李满天下。他是把教育与职业紧密相连的务实先生。

1923年，晏阳初、陶行知、朱其慧等人发起成立了“中华平民教育促进会”，设立平民学校、平民读书处、问字处，1925年后转向乡村教育运动，服务占乡村人口九成的乡村文盲。1926年以晏阳初任总干事的河北定县试验总结出的乡村平民教育经验，推广全国。1927年陶行知在南京晓庄创办了试验乡村师范学校，试图培养一批具有农夫的身手、科学的头脑、改造社会的精神、康健的体魄和艺术的兴趣的乡村教师，然后由他们去办乡村学校，改造乡村生活。但不久学校被封闭。他们是志在改造乡村的平民先生。

除了中国先生，亦有外国先生。司徒雷登，自称“是一个中国人更甚于是一个美国人”，杭州话说得比英语还要好，他执掌的燕京大学定的校训是“因真理，得自由，以服务”，亦请到陈寅恪、郑振铎、谢冰心、钱玄同、费孝通、顾颉刚、张友渔、斯诺等名师。1934年北京学生为反对政府对日不抵抗政策，组织请愿团赴南京，燕京大学学生宣布罢课。处分学生？司徒雷登召开全校大会说：“如果此次燕大学生没有参加请愿，那说明这些年来我的教育就完全失败了。”深明大义如斯。

路易·艾黎，这位1927年就来到中国的新西兰人，1942年后与英国记者乔治·何克在陕西双石铺创办了培黎工艺学校，两年后迁至甘肃山丹县，近600名学生半工半读，“手脑并用，创造分析”。他在此9年，为学校经费卖过汽车、为学生温饱动用了母亲的1万美元退休金，为保护学生跟驻军吵，为中国培养了一批工程技术人才。最后他在中国待了60年。

赵元任陪罗素的一年讲学，徐志摩陪泰戈尔的五城演讲，杜威26个月的200多场讲演，燕卜荪（英国诗人）在北大和西南联大的数年教书，都丰富了中国当时先生的内涵。在前教育部高教司司长和前武大校长刘道玉眼中，五四运动到解放前的30年，是中国大学最美的第一个时期。美在气象更新，美在人才辈出，也美在先生辈出。

（《作家文摘》总第1547期）

中央研究院首届院士选举记事

·岳 南·

1947年12月，中共中央在陕北米脂县杨家沟村召开会议，这次会议为中共在新的形势下夺取全国性胜利，从政治、思想、策略上作了充分准备。就在此时，中央研究院首届院士评选活动却在乱哄哄的首都南京轰轰烈烈地搞了起来。面对这一行动，学术界意见不一，众说纷纭。傅斯年在给胡适的一封信中就称："话说天下大乱，还要选举院士。"此时，傅斯年正在美国疗养。

关于选举中央研究院院士一事，早在抗战胜利初期即开始酝酿并有所行动，因内战硝烟骤起，使这一行动延缓下来。到1948年初，中央研究院评议会评议员再次提出，无论战争局势如何发展，一定要在中研院成立20周年之际选举出首届院士，以为科学、民主争得地位和荣誉，并为后世开出一条关乎国家民族命运的光明道路。按原定计划，院士选举分为数理、植物、人文三个组。由中央研究院代院长朱家骅总负其责，总干事萨本栋负责数理、植物组；胡适、傅斯年、李济、陶孟和等人负责人文组并提出候选人名单。

最后由中央研究院评议会评议员提出各自的意见并投票选出。

傅斯年在美国接到其他人拟的候选人名单后，致信朱家骅、胡适、萨本栋等人直抒己见，所谈到的第一个人物就是号称“国宝”的刘文典。

傅说：“候选人中确有应删除者，如刘文典君，刘君校《庄子》，甚自负，不意历史语言研究所之助理研究员王叔岷君曾加检视（王君亦治此学）发现其无穷错误。更有甚者，彼曾为（云南）土司之宾，土司赠以大量烟土，归来后，既吸之，又卖之，于是清华及联大将其解聘，此为当时在昆明人人所知者。今列入候选人名单，如经选出，岂非笑话？学问如彼，行为如此，故斯年敢提议将其自名单除去。”

在候选人名单中第二个被拖出来“开刀问斩”者就是潘光旦。傅直言不讳地表示：“社会学一项，有潘光旦君。潘君自是聪明人，然其治谱牒学之结论，实不能成立。彼以科举之名，证明苏州人天资优越，然此说实不足以成之，盖科举之业亦有风气，且可揣摩，主考与入选者每为一调，忽略此历史事实，乃潘君之说。”

潘光旦所搞的一套社会学不为傅斯年所重，这自是与潘氏的著述不周或观点偏颇有关，但这似乎又不是主要的症结，因为潘除了研究谱牒，还有其他大量社会学著作，如人口学论文行世，此著述傅斯年并未提及，抓住一点而攻其全身，自是不能令人信服。潘光旦等人在抗战后期经常于报纸上发表攻击国民政府的言论，还以“我们人民”的名义，向正在交火的国共双方进行劝阻威胁，傅斯年对此等做法大加轻视，在此前写的文章、书信，以及此次信中暗含讥讽的“治学不可以报纸文字定其高下”中已有所表露。

在第一轮正式推举之前，傅斯年从美国写信给胡适，透露了他推荐的名单，与作为主要决策者的胡适拟定的人文组名单大同小异。只是胡适拟定的名单上没有自己，而傅斯年则当仁不让地签上了自己的大名。或许正是这种外露且不知收敛的性格，使傅斯年一生誉满天下，但谤亦满天下。

1947年10月15日，由评议员组成的院士选举筹备委员会正式开幕，在朱家骅、萨本栋的特许下，在傅斯年赴美期间暂代史语所所长之职，但仅为副研究员职称的夏鼐出席了会议。会上，众评议员对被提名的510位候选人进行资格初步审查，审查的主要内容是看被提名人是否在抗战期间沦陷区的伪大学等学术、教育机构任职。审查中，著名化学家赵承嘏、萨本铁等人被从名单上删除。当审查到郭沫若时，有评议员认为郭是站在共产党一边的人，其罪过远远大于赵、萨二人，前者不可留，后者更该杀。夏鼐听罢，认为此等言论明显有违胡、傅二人的意图，在胡适不便出面的情况下，夏鼐不顾自己作为列席者不能参加讨论的身份和规矩，当场起身为郭沫若，也是为胡、傅二人的推荐理由辩护，并说："Member of Academia Sinica（中央研究院院士）以学术之贡献为标准，此外只有自绝于国人之汉奸，应取消资格。至于政党关系，不应以反政府而加以删除。"

夏鼐的斗胆进言得到了李济等部分与会者的支持，李济进而讲道："郭是一个多学科有才华的学者，在考古学与古文字学领域造诣很高，虽其人没有直接参加田野考古发掘，也不属于中研院各所，但作为体制外的人士，我们应该给他保留一个位子。"但李济的辩护并没有让反对派放弃自己的观点，于是中间派人士提出了一个折中的方案，即由人文组正反双方用无记名投票的方式进行表决。最后，郭沫若以13票对8票的差额，被决定保留在候选人名单之内。

经过此次审查，被推荐者由最早的510人减至402名，一下砍掉108人。经过初步选举，总人数再次减至150人。按原定计划，最终只有100人当选。有了这个既定数字，最后的角逐就显得异乎寻常起来。

1948年3月25日至27日，中央研究院代院长兼评议会议长朱家骅在南京主持召开了最后一轮院士选举会。经过与会者五轮无记名投票，原定要选出的100名院士，因许多名流在投票中纷纷落马，导致69人票数未能过半，最后只有81人被通过。按既定规矩，凡通过者即正式成为中华民国中央研究院第一届院士。傅斯年麾下的史语所中有相当多的人当选本届院士。整个人文组有一半院士与史语所直接或间接有关。

1948年9月23日至24日，中央研究院第一届院士暨纪念中央研究院成立20周年大会在南京举行。为表示对科学与知识分子的尊重，蒋介石撇下前线十万火急的战事，亲自出席会议并作了讲话。未久，这批名震天下的81名院士，就在战争的硝烟炮火中分道扬镳，天各一方了。据石璋如回忆："当时在研究院办了很热闹的庆祝活动。上午开会，晚上就请吃饭，从总办事处到地质研究所前头的空旷处，桌子一路排开，放上酒跟点心，夜里灯火通明，称作游园会。刚开始的时候人很多，爱去哪桌吃、喝酒都可以，可是天气不巧，打了响雷下起阵雨，大家就集中到总办事处的演讲大厅去了。"石璋如没有继续描述此后诸位的心境，可以想象的是，众人或许都已清楚地意识到那串不期而至的"惊雷"，将是为国民党政权在大陆的统治敲响的一声丧钟。

（《作家文摘》总第1237期）

严复的政治生涯

·王 龙·

1879年（光绪五年），深孚众望的严复学成归国。由于在留学时期即已享有一定的名气，故“南北洋争先留用，得之惟恐或后”。不久，严复便应船政大臣吴赞诚之聘，回到自己的母校福州船政学堂担任教习。

李鸿章的收编

李鸿章一生任人唯亲，但他早就看重严复的才能，想把严收编为“自己人”，因此“尝示意其执贽称弟子”。可清高孤傲的严复一口回绝，就是不愿放下架子去“攀龙附凤”，只想凭自己的真本领做事。

苦熬十年后，终于升任北洋水师学堂会办。四弟严传安苦苦劝大哥：当上会办了，应该多到李鸿章那里“走动”一下，有所表示。严复不得已勉强“走动”了一下，果然立竿见影，第二年

(1890) 李鸿章就提升严复为总办了。

清高自负的士人本性，决定了严复最终不可能把自己融入蝇营狗苟、鬼蜮如林的腐恶官场。自由文人的个性，反倒使他恃才自傲，口无遮拦，肆意评论朝廷。在李鸿章手下的北洋水师学堂供职仅三四个月，就碰上了日本窃取琉球案，严复无比愤慨，年轻气盛的他出语“激直”，常常对人说：“不出三十年，中国周边的属国都将丧失殆尽，我国将如老迈的母牛任人车裂分割了!”李鸿章从此对这位“异议分子”敬而远之。

点燃戊戌变法的精神火炬

1894年的甲午中日战争，成为彻底改变严复命运的转折点。

在儿子严璩眼中，甲午之变“大受刺激”的严复，以排山倒海的激情一口气写下了《论世变之亟》《救亡决论》《原强》《辟韩》等为人传诵一时的名篇。这一系列充满战斗激情的政论文章，不是简单的情感宣泄，而是一次对中国专制政体从治统到道统、从形式到内容的彻底清算。严复的这些思想，成为直接点燃戊戌维新的精神火炬。康有为、梁启超急欲将他引为变法阵营的同志和战友。

然而，仅仅一百多天后，北京城就黑云压顶，风云突变。慈禧发动政变，将光绪幽禁于瀛台。

清政府的笼络对象

眼看革命渐呈星火之势，腐朽江山已大厦将倾，清政府为笼络人心，宣布仿行宪政，然其核心目标仍是重新使“大权统于朝廷”。具有西方知识背景的严复，自然成了清廷重点延揽的“新潮人物”，社会地位逐渐上升。

1908年之后，他连续被聘为审定名词馆总纂、宪政编查馆二等咨议官、福建省顾问官；1910年，他以“硕学通儒”的资格，进入新设立的资政院，并被海军部授予协都统军衔。此间严复无论作何发言，都受到同僚好评，“大家佩服无地”。他不无幽默地说：“我现在真如小叫大，随便乱嚷数声，人都喝彩，真好笑也。”

话虽如此，坐了多年冷板凳的他，对这份荣誉还是难免受用的，也使他重新燃起对这个垂死的政权更浓厚的改良希望。1911年10月4日，武昌起义前六天，严复还为大清朝填写了第一首国歌《巩金瓯》。在清廷危亡的最后关头，他写下的依旧是：“帝国苍穹保，天高高，海滔滔。”仅仅六天之后，武昌炮声一响，严复的歌词如一出荒诞的黑色幽默，成了大清的殉葬品。

袁世凯的幕后助推

革命洪流猝然而至，满怀矛盾的严复还没有来得及作出选择，历史又把他抛上了舞台。这次幕后的推手，是大名鼎鼎的袁世凯。

从袁世凯1895年天津小站练兵两人结识，一直到1916年袁世凯去世，严袁两人之间的来往从来没有间断。

由陈宝琛推荐，严复被袁世凯揽于帐下，在炮火中为其痴心奔走。严复感到只有举足轻重的袁世凯才是有能力砥柱神州的不二人选。袁世凯对严复也颇为重视。出任临时大总统之后，袁很快召见了严复，任命其为京师大学堂总监督，之后又任命他为总统府顾问官、海军部编译处总纂等。

然而亚洲第一个共和国的成立，带给中国人的热望并未能维持太久。1913年7月，“二次革命”爆发，政局动荡再次引发了社会动乱，这显然不是严复所愿意看到的，也与他最初引进的进化论理论南辕北辙。

一次，严复与辜鸿铭出席同一个宴会，酒过三巡，辜鸿铭忽然说，恨不能杀二人以谢天下，有人问他这二人是谁，辜鸿铭回答是严复和林纾。他拍桌骂道：“自严复《天演论》一出，国人只知物竞天择，而不知有公理，以致兵连祸结，不杀他天下何以有太平？”坐在一旁的严复闻之默然。他和辜鸿铭同是福建同乡，又都有长期出洋的经历，面对这位同样横跨中西、学识一流的同行的痛批，严复内心几多苦涩，无从置辩。

世局如此，严复的心中蒙上了一层越来越沉重的阴影。对社会安定的祈望，压倒了对民主理想的追求，他日益渴望一种使社会持续稳定的政治体制，期待建立一个强有力的政权。因此，他对民国初年的党派之争一概厌恶透顶。而国民党人对袁世凯的抗争，反而促成他反对共和革命的立场。随后，在一系列内政外交上，严复坚定地为袁世凯站台呐喊。

时间久了，严复也并非看不出袁世凯的软肋。私下里他认为袁在旧日帝制时代，也不过“一才督抚耳”。他也看到了袁世凯身上的守旧与专横，对袁不抱“过分之望”。

1915年，袁世凯称帝之心已经昭然若揭，他派杨度几次三番找严复，劝他参加其登基专用机构“筹安会”，欲借一帮名士为其摇旗呐喊，严复自然在其笼络之中。

严复对袁世凯急于恢复“帝国体制”并不完全赞成，对袁世凯先前软禁蔡锷也极为反感。他觉得君主之威如今早已扫地，贸然复旧，只能乱上加乱。杨度继续哄劝他：筹安会只不过是搞学术研究，搞清楚君主制是否应当恢复，其他的事到时自然会水到渠成。既然只是研究，这对于使命感极强的严复而言，无疑很能打动人。严复就说，他固然认为中国此时仍应行君主制，问题在于根本没有合适的人选。不等犹疑之中的严复把话说完，杨度就起身告别了。

第二天，人们在筹安会发起人名单上，赫然见到了严复的大名，名列第三。严家门口多了两个荷枪的壮士，说是长官担心匪徒来相扰，派来警卫。严复自此闭门不出，筹安会找他去议事，便托病推辞。

世人所谓的"筹安会六君子"，其余五人都有"劝进文"，唯独严复没有片言只字。1915年12月12日，袁世凯悍然宣布称帝，严复谢绝袁世凯的任何邀请，静观其变，"其庆贺朝宴，均未入场"。

尽管并没有参加筹安会多少实际活动，但复辟帮凶的恶名终究难逃了。天津《广智报》当时画了一幅漫画：袁世凯头戴冠冕，身披龙袍，端坐正中，四方画着四条狗，分别代表筹安会"四大将"，其中之一，便是严复。对于"走狗"这个侮辱称号，严复苦涩地道：我"狗了不狗，走也要走的"。

1916年3月22日，袁世凯的逆行终于走到尽头，被迫宣布取消帝制。当众叛亲离的袁世凯于1916年6月去世，在一片举国欢庆声中，严复却立即关起门来，悲悲戚戚地写下一首《哭项城归榇》，表达对一代枭雄折戟沉沙的不忍之心："化鹤归来日，人民认是非。"

1921年10月27日，严复带着无限的惆怅，离开了人事纷攘的世界。

（《作家文摘》总第1730期）

张季鸾与《大公报》

·范 泓·

办报“四不方针”

1926年，张季鸾主持天津新记《大公报》笔政，提出办报的“四不方针”——“不党、不卖、不私、不盲”，即是复刊后的《大公报》将以国家与民众利益为根本利益，以公理与正义为唯一前提，真正发挥媒体的社会公器之作用。这种独立的办报意识与主张，赢得民众对《大公报》的信任，复刊后不到八个月，发行数即有数倍的增长。

张季鸾之代表《大公报》同人提出办报的“四不方针”，其中有一个重要的现实原因，当时北方政治环境较为复杂，复刊后的《大公报》不得不对现实作出“审时度势”的考量。“如果报纸依附军政界的任何一派，都会随着该派的失败而倒台。并且大家也都看出，北方军阀失势，南方的革命势力兴起，早晚革命军会打败军阀，因此大家决定让《大公报》采取‘不偏不倚’的中间立场，好求得以后的发展。”

革命军打败军阀，很快因北伐成功而成为历史事实，《大公报》这种“不偏不倚”的立场无形中成为中国新闻界最可资称道的办报理念之一。张季鸾本人对“革命”一直持认同的态度，早在光绪三十一年，即1905年，这位正留学日本攻读政治经济学的热血青年，目睹了孙文等人与梁启超等人关于“革命”还是“改良”那一场旷日持久的论战，不仅激发起对政治的浓厚兴趣，而且对“革命”充满了信心，不久即加入同盟会。

张季鸾的革命倾向

1908年，同盟会陕西分会留学生在日本创办反清、鼓吹革命的刊物《夏声》，张季鸾为主要编者之一，可以说，这是他投身新闻事业的起始，也是日后以“言论报国”实现其个人梦想的主要途径。同年，从日本返国后，张季鸾在关中高等学堂当了两年的教员，

1910年，于右任在上海创办《民立报》，主张革命，张季鸾应邀参加《民立报》工作，该报革命色彩浓厚，专辟“民贼小传”，“专门揭发各地清吏剥削和欺压民众的罪行”，张季鸾的革命立场于此可见。

1912年，孙文就任临时大总统，张季鸾作为《民立报》记者，从南京拍专电发回这一条新闻，“这是民国成立以后的第一条新闻专电”。经于右任推荐，旋被聘为“临时政府”秘书。

孙文辞职后，张季鸾往北京，与曹成甫创办北京《民立报》，抨击袁世凯，不久，报纸被封，与曹成甫一起被捕入狱，被关三个

月，曹被杀害。曹成甫就是曹谷冰的父亲，张季鸾后来一直拉拔曹谷冰，且倚如左右手，“表现出一种道义之气”。张季鸾出狱后，至上海创办《民信日报》，自任总编辑，后因经费不足而停刊。袁世凯死后，与康心一北上，接手政学会机关报《中华新报》，为总编辑，兼任上海《新闻报》记者，因抨击段祺瑞政府，再次被抓。1919年，任上海《中华新报》总编辑，至1924年停刊。此十多年间，一直为革命党报刊之主要骨干，而且声名渐起。

与蒋介石相识

张季鸾与蒋介石相识，始得于张群和杨永泰（曾任上海《中华新报》主笔，抗战前任湖北省政府主席）的推荐，“蒋委员长对季鸾有了相当的认识，常常接见他，听取他对国事的意见。为了报答蒋先生的知遇之恩，他也知无不言，言无不尽”。西安事变发生，张季鸾痛心于中国十年来，以无数牺牲代价换来的统一局面遭到破坏，一再撰文，要求全国努力挽救蒋委员长，并发表《给西安军界的公开信》，当时政府印了数万份，空投于张学良和杨虎城的军营中。“这不仅是一篇传诵一时文情并茂的文章，并且是中国现代历史上的重要文献之一，因为它对张学良及其所部军心的动摇曾发生影响，对西安事变的迅速解决是有助益的。”

《大公报》之于蒋介石

陶希圣晚年谈蒋介石与中国报界的关系，“在中原战争的时候，蒋委员长军书旁午，在火车上办公，而跟他在一起的是《申报》的陈冷雪（血）先生，那可以说是《申报》的时代。‘九一八’到抗战这一段，在报人中他看重的是张季鸾先生，就可以说是《大公报》张季鸾的时代。”在当时一般人眼中，“《大公报》的头条新闻可以代表或暗示蒋委员长的政策”，连《中央日报》也无法真正做到。当局一方面指示《中央日报》要了解政情，参预机密；另一方面又严禁“泄露机密”，“《大公报》不受这个限制，他知道了政情便可刊布，《中央日报》则不能发表……”《大公报》是民营报纸，言论尺度较之党报本宽泛许多，再加上张季鸾“周圆通达”的个性，“从蒋委员长、五院院长和社会上的三教九流人士，他到处吃得开，愿意和他交朋友，愿意提供消息给他，因此他的消息也特别灵通，见解特别高超。蒋委员长以‘国士’待他，他也竭诚以言论报效国家社会”，这就是《大公报》在当时得到朝野信任的原因之一。王世杰后来对雷震说过，“老总（指蒋中正）的桌子上只有《中央日报》和《大公报》”，《大公报》对蒋介石个人是捧场的，对国民党其他党员，尤其对CC集团是厌恶的，这是过去总主笔张炽章（季鸾）的搞法，“国民党领袖是好的，以下都是坏蛋”。抗战结束后，国民政府还都，蒋介石特别拨给《大公报》30万美元，名义上是补偿《大公报》的损失，比《中央日报》整整多了10万美元。

（《作家文摘》总第1732期）

民国最受争议的北大校长

·徐 萧·

严复：从公推到被推倒

大家都知道严复做过北大校长，并且深受师生爱戴，但很少有人知道严复做北大校长前做过复旦大学的校长，结果还颇不愉快。

实际上，严复不仅是复旦大学的第二任校长，还参与了复旦大学的创立。1905年，复旦首任校长马相伯带领学生脱离震旦公学，另立了复旦公学，当时就请了严复担任复旦公学校董。随后，一份由严复居首署名的28位复旦校董发出了《复旦公学募捐公启》，为复旦募捐建新校舍。此外，严复还和马相伯一起为复旦“评定”了教授法、管理法，他们也共同主持了复旦公学的招生考试。

正是因为与复旦一直有着密切关系，所以当马相伯不堪重负辞职后，复旦公学干事员叶仲裕、张桂辛等人向新任两江总督端方提出申请，请求让严复担任复旦公学监督（校长）。端方对严复非常赏识与尊重，自然没有问题。

然而，这样一位由师生们公推的校长最后却与复旦师生因人事问题产生了严重冲突，最后落于下风，黯然辞职。

当时，严复一些任人唯亲的做法，引起了包括叶仲裕在内的一批老资格复旦人的不满，他们不断与严复所派来的诸管理者为难。严复决定以庶务长叶仲裕挪用公款、庶务张桂辛管账无方为由开除他们，叶仲裕等人也不断在报上刊登启事，指责严复尸位素餐和任人唯亲，随后或是叶仲裕等人暗中运作，或是自发，复旦的学生也开始介入冲突，批评严复“任用非人”“靡费过多”。

对于这些指责，严复在回应中并未做出辩白，对于一向爱惜羽毛的严复来说，颇不寻常。平心而论，严复在担任复旦校长前后，都为复旦做了不少事情。总体来说，学生的批评或有夸张，但作为复旦公学监督的严复并不太称职，加之当时学风嚣张，学生闹事、罢学是常态，学校校长的任何举措都有可能遭到学生的责难。

1912年2月，严复出任北京大学更名后的第一任校长，有心在北大大干一番，可惜面临经费短缺等困难。袁世凯政府拿不出钱，干脆提出停办北京大学，遭到北大师生反对。严复也不断上书，据理力争，总算保全了北大。

要是没有严复出面抵制政府决策，北大的历史就要改写了。然而保全了北大，却得罪了政府，严复仅上任八个月就被迫辞职。

马相伯：因误解而被轰走

严复从北大离任后，袁世凯政府任命章士钊为北大校长，仅在任两个月，是北大最短命的也是没有实际到任的校长。

当时，北大曾发生旷日持久的挽留严复与反章的学生风潮。章士钊只得推辞，“迟不赴任”，所以在蔡元培的推荐下，袁世凯政府又任命马相伯为代理校长。

马相伯与严复都曾出任复旦与北大校长，但是二人在两校的境遇则迥然不同。北大学生对严复充满感念，加上对政府的抵触，马相伯的上任和章士钊一样，成为一件不合时宜的事。

马相伯上任后，同样面对经费问题。为解决经费，撑住北大，马相伯以北大校产作抵押，向比利时银行借贷了40万法郎。尽管这是帮助北大摆脱困境之举，但没能得到北大师生的理解，北大师生甚至认为新校长“盗卖资产”，群起而攻。马相伯无奈离职，在任仅两个月。

现在的北大未名湖畔有严复的塑像，而在复旦文科图书馆，虽不起眼也给严复立了个像，但马相伯在北大不要说雕像，连曾任校长之事，也不被承认——在北大官网历任校长中看不到马相伯之名。

何燏时：结束严复的“美好时代”

继章士钊和马相伯之后，何燏时奉教育部之命来收拾北大的乱摊子。

何燏时是浙江诸暨人，从东京帝国大学毕业后，获工科学士学位。何上任时，北大的情况开始有些好转。但半年后，何燏时就遭遇了更为窘困的局面。

一个不准预科学生免试升本科的新政，点燃了火药桶，北大预科学生举行集会，要他到会解释。何燏时置之不理，于是有130多名学生涌入校长办公室，迫使他当场立字据保证向教育部辞职。

但何燏时并未辞职，反而获得了教育部力挺，他在20名巡警保护下重返北大，开除了领头闹事的8名学生，激发更大规模的抗议，事态快速扩大。但是这次，北大预科学生仅为一己之私，得不到社会支援，在与教育部谈判对峙的过程中，处在了下风，并没能赶走何燏时。

其实，无论是抵制章士钊、马相伯，还是何燏时，多少都与严复时期的“美好生活”消逝有关。严复时代的北大，学生交学杂费可以缓办，考试可以携带书籍，夜里没有门禁，旷课也不扣分。这些“好事”，在何燏时就职后全都没有了。

何燏时的离任和学生的抵制没有多大关系。从严复1912年10月辞职，到1913年11月胡仁源上位，13个月间，北大走马灯似的进出了5位校长。所以，借着学生倒何事件，当局下定决心要将北大并入天津北洋大学。

原本与教育部一个鼻孔通气的北大校长何燏时，此时成为利益受损者。他开始登高疾呼反对北大并入北洋大学，与学生站在了同一战壕，最后愤然辞职。

（《作家文摘》总第1817期）

梁漱溟的朋友圈

·马 勇·

梁漱溟在整个民国政治人物当中，是一个比较成功的政治家，并不是纯粹的读书人。1930年后，特别是1937—1945年，梁漱溟在中国政治舞台中处处扮演重要的角色。从这个角度上来说，没有一个和梁漱溟相当的人，能够像他这样去发声，去影响。

梁漱溟与蒋介石、李济深、韩复榘

梁漱溟这一代人从辛亥革命开始起步，1900年保皇革命，他还在革命与改良中间摇摆。1907—1910年，梁漱溟义无反顾地走向革命，是辛亥革命真正的参加者。但辛亥革命之后，梁漱溟有很多的困惑，为什么辛亥革命发生这么大变革之后，国家还是这样？

1925年南方兴起国民革命，梁漱溟觉得这是中国革命的出路，因此去了广州，并和几个重要人物相识：与他有亲戚关系的伍观淇、与他同样对佛教有信仰的陈铭枢、国民党内部第二把手李济深。

梁漱溟在李济深的司令部里，告诉李济深中国统一是没用的，国民党是不可能有希望的。只有做地方自治，不要地方大，广东一个小地方就可以，从局部实验，做一个示范，才是出路。

在与蒋介石关系中，梁漱溟和蒋介石找不到亲近感。蒋介石是一个很死板的人，不苟言笑。梁漱溟也是这样一个人，他们的价值观也不同。蒋介石和梁漱溟交往的全部就是公事公办，没有一点可以私下探讨的空间。

在民国时期，无论在1929—1930年开始的河南村治运动，还是到1930年山东的乡村自治运动，梁漱溟和冯玉祥有高度的认同感。梁漱溟做的事情，冯玉祥认为是中国的出路，应该去做。在山东的乡村建设运动，基本上就是靠韩复榘的帮助。在当时的大省山东，韩复榘给山东乡村建设研究院的授权非常大。乡村建设研究院管理许多县，可以安排一个县的事务，并有选择县长的权力。梁漱溟也把山东作为自己的第二故乡，全身心地去改造山东的民风、民俗，推动乡村的自治建设，走的是中国现代化道路。

后来，和李济深一样，韩复榘、冯玉祥都与蒋介石发生了冲突。不是梁漱溟和蒋介石闹翻了，是蒋介石在国民党中心地位不变，梁漱溟和他的对立面站到一起了。这样就使梁漱溟和国民党之间产生了很多的障碍。从民国初年一直到民国结束，梁漱溟都在与国民党的非主流合作。

梁漱溟与毛泽东、范文澜

梁漱溟和毛泽东之间的交往，要从1917年开始算起。这一年，梁漱溟来北大哲学系当讲师，毛泽东到北大图书馆做编务工作，范文澜毕业之后在北大担任校长的私人秘书。张申府也在这一年毕业，做了图书馆编务组的组长。这几个青年同在北大，都出生于1893年，是同龄人。就在北大红楼一个楼里待着，校长室和图书馆在同一个楼道里面。

梁漱溟进北大之前在司法部当秘书。当时，梁漱溟写了一篇《究元决疑》发表在《东方杂志》上，蔡元培从国外回来接办北大的时候读到这篇关于宗教、美学、哲学的文章，他很有兴趣。蔡元培就让梁漱溟去哲学系讲印度佛教。梁漱溟认为自己并不懂这一专业，不知如何讲课才好。蔡元培说，如果梁漱溟不懂，其实也没人懂，能讲成怎样就怎样。

1917年，北大的教授很大一批都是从海外归来的洋博士。梁漱溟在北大可能比较边缘化，大概毛泽东和梁漱溟遭遇相似。这就为1938年梁漱溟和毛泽东的感情比较深作了一个铺垫。

另外一个人是范文澜。范文澜出生在一个大家庭，跟蔡元培是老乡，通过家族关系，蔡元培让他做自己的私人秘书。这几个北大边缘人就遇到了一起。他们几个人都影响到后来中国历史的改变。

后来几十年间，他们并没有什么来往。但等到抗战爆发后，这几个人都成为中国政治领域中重量级的人物。范文澜在经历了波折之后，于1937年就在河南大学教书，1939年到了延安。梁漱溟在进行乡村建设，办曲阜大学，抗战爆发后任职国民参政会。1938年，以国民参政会的身份到延安去拜访，与毛泽东面谈。国民参政会当时派了好几批参政员，只有梁漱溟和毛泽东长谈了七八次，有几次是彻夜长谈，有几次谈到半夜。当时去延安，黄炎培也以国民参议员的身份去过，傅斯年去过，都没能和毛泽东有这种沟通。这些人都曾在北大认识，但唯有梁漱溟与毛泽东互相之间找到了一种如

“他乡遇故知”的好感。

1938年，梁漱溟的想法是无法和毛泽东走到一起的，梁漱溟无法认同阶级分析。毛泽东对中国社会结构的分析，要通过阶级斗争的手段打碎中国社会，重建中国，这是梁漱溟反对的。但政治观点冲突并不影响他们在生活中成为好朋友，这影响到后来梁漱溟的选择。梁漱溟自认为和毛泽东是好朋友，这也是新中国成立后梁漱溟与毛泽东走得更近的原因。因此，1953年，梁漱溟在讨论总路线问题时，他认为朋友的事情要当作自己的事情来做。如果他不是这样义气，如果是程式化、礼节性地去提建议，大概没有后来的麻烦了。

梁漱溟与胡适、蒋梦麟、董时进

梁漱溟和胡适都有过和最高层的交往，梁漱溟和毛泽东有很长时间的交往，胡适和蒋介石有直接的交往。1958年，胡适就当面讲蒋介石说得不对。蒋介石内心很生气，但当时依然非常客气，不过在当天日记中，蒋介石大骂胡适，以为这是他这辈子第二次受到的最大的污辱。同样，梁漱溟跟毛主席说，主席你只要承认自己说错了。只要有这点雅量，我依然继续佩服你，我也就不再计较了。毛泽东说，你要的雅量，我是不会给的。于是，两人越说越扭，最后闹得不可开交。

梁漱溟一辈子关心两个问题，即人生问题和中国问题。1926年后，梁漱溟就把精力都放在中国农村问题上，中国农村应该怎么走？中国现代化应该怎么走？他和黄炎培、晏阳初这一大批人都在寻找中国现代化的道路，梁漱溟是和地方政治势力打交道，进行现代化的乡村建设。

梁漱溟北大的老同事、老领导蒋梦麟，和梁漱溟一样都把人生一个漫长的时间奉献给农村复兴运动，但是却有完全不一样的结局。梁漱溟在河南和山东做的试验，1947年刘少奇在给中央报告时，对其是基本否定的，批判是资产阶级改良主义，是给统治阶级涂脂抹粉。1949年之后，梁漱溟的乡村建设运动不可能重新恢复了，他到了北京之后，曾建议办一个中国文化或世界文化研究所，但毛泽东那时很想让梁漱溟进入政府，像张东荪、章伯钧那样担负实际的职务。梁漱溟对于这些似乎没有兴趣，研究所没有办起来，乡村建设事业更不可能重新恢复。1953年与毛泽东冲突后，就基本上沉默起来了。蒋梦麟离开北大之后，追随蒋介石、宋子文从事实际政治，官至行政院秘书长。抗战胜利后，美国政府给中国一笔投资，中美两国政府合组了一个“农村复兴委员会”，蒋梦麟接受蒋介石的委托，担任“农复会”主委，为土地改革、农村复兴贡献卓著。蒋梦麟的后半生，直至去世，都在农村复兴委员会的主任委员这个职位上。1949—1960年，在台湾的农业发展中，蒋梦麟所作的贡献是梁漱溟在中国大陆根本没办法比的。

另外一个与梁漱溟有可比性的是董时进，他是比梁漱溟小一代的人。他留学时研究的也是中国农村经济、农村发展问题。他对农村的看法和梁漱溟这批人的看法比较接近。中国的农村从近代西方经济势力进入后，一直在走下坡路，农村的衰落是一个无法避免的过程，农业继续在衰落。毕竟中国是从农业文明走过来的，这一批人都在探讨，农业怎样重振？怎样在工业上面发展？

1949年，政治大变革时，梁漱溟和董时进对中国的未来有一个共同的看法，这牵涉新老解放区相继进行的土地改革。梁漱溟在《中国文化要义》《乡村建设理论》等书当中，对中国的土地制度有详细的分析。他认为中国的土地制度是正当的、合理的。在中国历史上，土地并没有那种想象的大的兼并情况。书中详细分析到，从古代以来，中国的制度一直在保证着土地的流动性，中国有长子继承和诸子均分制度。中国的地主大都很节俭、勤奋。董时进也认为地主都是身居简陋、靠勤劳、奋斗一点点发展起来的。在他们所提供的证据中，一大批地主往前追20年，可能就在上海做劳力，每个月一点工钱，都给家里人寄回去，然后家里人就买田，今天买一分，明天买一亩，这样才积累起来。

1950年代初，梁漱溟、董时进都看到了这一点，他们都认为中国的土地制度不能也不应该进行大的改革，一定要维护土地的私有体制，尊重人民的财产权。但是，梁漱溟后来到新老解放区参观之后，看法有所改变，他觉得中共领导的土地改革也有可取之处。

与梁漱溟不同，1949年12月，董时进写信给毛泽东，劝说毛泽东一定要停止土地改革。这封信写了大概10页纸。信里预测了这样改革下去，结局是什么。后来，董时进在香港写了一篇回忆文章，说毛泽东并没看这封信。若读过，一定不会无动于衷。这封信寄出的第二天，毛泽东出发去莫斯科访问，两个月之后才回来，之后又事务繁忙，这封信又很长，就没看。

董时进后来离开大陆，去了美国教书，一直活到90多岁。

1953年梁漱溟与毛泽东冲突之后，沉默了很多年，这也让他躲过了反右，没有像那些老朋友受到那么多的磨难。除了“文革”最极端的几年，梁漱溟大致维持着一个比较平静的生活状态，直至毛泽东去世。

（《作家文摘》总第1863期）

梁启超与五四运动

·李远江·

在公理的迷梦中启航

梁启超1918年底启程前往欧洲时，整个中国都陶醉在一片“公理战胜强权”的迷梦中。

1918年，一个接一个的好消息不断刺激着中国人的神经。先是1月8日美国总统威尔逊抛出的14条建议，让中国人开始期待其宣扬的“世界公理”；随后是11月11日，“一战”以协约国胜利而结束，更令身为协约国一员的中国群情振奋。威尔逊在14条建议中，为全世界描绘了一幅列国平等、共享大同的良辰美景——国家无论大小，皆有平等地位，彼此尊重对方的政治独立和领土完整。这对饱受殖民侵略的中国而言，无疑是来自天国的福音。于是，中国人欢欣鼓舞，甚至有不少人跑到美国使馆前高呼：威尔逊大总统万岁。

当协约国战胜的消息传来，中国人更是兴奋莫名，上至总统，下至黎民，无不额手相庆。11月14日，北洋政府宣布，全国放假3天，北京突然之间旌旗满街，鼓乐喧天，东交民巷至天安门左近，游人更是拥挤不堪。

狂欢的不仅仅是北京市民，铺天盖地的庆祝活动在全国各地纷纷上演。从1918年11月到1919年4月，全国各地的“学生们真是兴奋得要疯狂”，而各种“名流们也勤于演讲”。北大校长蔡元培不仅拉着北大的一班教授上天安门发表演说，而且强令北大学生参加阅兵式和提灯会，参与者“均不记旷课”，不参与则“以旷课论”。

与蔡元培的狂热不同，一手促成中国对德宣战的梁启超对战后的时局还保持着难得的冷静。事实上，中国所谓“参战”无非是输出数万劳工，军队根本没有出动。他在《对德宣战回顾谈》中提醒国人，这一次“普天同庆的祝贺”，不过是“因为我们的敌国德意志打败仗”。梁启超担心未放一枪一炮的中国到底能否在和平谈判中分得一杯羹。

与梁启超不谋而合，作为中华民国大总统的徐世昌，同样担心中国在巴黎和谈中缺少必要的“本钱”。于是，他找到了梁启超，希望梁能率知名人士前往欧洲，通过民间外交协助中国代表团收回德国在山东的特权。尽管对巴黎和会的谈判深自忧虑，梁启超还是对列强们宣扬的世界公理抱以希望。1918年12月28日，在一片狂欢声中，梁启超率领张君劢、丁文江、蒋百里等人登上日轮“横滨丸”号，一路西行驶向了不寻常的1919年。

亲历议会民主

梁启超一行抵达伦敦已是1919年2月11日。英国是代议制民主的发源地，其议会所在地威斯敏斯特教堂自然成了一向鼓吹民主政治的梁启超心向神往的地方。

趁着游览的机会，梁启超在下议院听了双方两个多小时的辩论，目睹论辩双方对各自的主张“虽是丝毫不肯放让，对于敌党意见，却是诚心诚意的尊重他”，梁对英国的议会制度自然是佩服得“五体投地”。

从清末立宪，到民初国会，中国已经和议会制度打了十来年的交道。然而，宪政失败，袁世凯复辟，段祺瑞操纵“安福国会”，国会在各种势力的摆布下形同虚设。回想中国几年来的国会闹剧，曾经厕身其中的梁启超不禁悲从中来，到底是什么原因造成了这般的天壤之别？

梁启超突然意识到，英国的国民素质恰恰是英国议会制度得以健康运行的基础。于是，他幡然醒悟——“我想一个国民若是未经养成这种精神，讲什么立宪共和，岂非南辕北辙！”他认为目前中国最要紧的不是改朝换代的革命，而是培养具备法治精神的“新民”。

正当梁启超亲历英国议会，连连发出“高山仰止”的赞叹时，国内知识界却在发生着剧烈的变化。尽管以胡适为代表的自由主义者视西方为榜样，但军阀操纵国会的现状使激进的知识分子对议会制度丧失了信心，他们目光投向了刚刚爆发了社会主义革命的俄国，转而研究和宣传起马克思主义。

梁启超旁听英国议会时，新文化运动干将之一的李大钊担任《晨报副刊》主编，随即开辟“马克思主义研究专栏”。原本团结一致与封建文化并肩战斗、宣扬民主与科学的新文化运动主将们逐渐分化，走向截然不同的思想和政治道路。这一切，远在欧洲的梁启超自然无从察觉。

“正义人道的好梦”

2月18日，梁启超抵达巴黎。此时，巴黎和会已经举行了整整一个月。然而，不巧的是“第二日，克列曼梭（今译克里孟梭，法国总理）被刺了，正在养病。威尔逊（美国总统）回美国去，尚未再来。劳特佐治（今译劳合·乔治，英国首相）亦回家了”。梁启超无法展开外交活动，于是去法德比边境游历战地，想亲眼看看“一战”的惨状。

3月17日，梁启超返回巴黎，旋即投入到争取收回德国在山东特权的外交活动。他以中国民间代表的身份会见了首倡世界公理的美国总统威尔逊，得到其从旁相助的承诺。随后，梁启超又先后会见英法等国和谈代表，积极寻求国际支持。他在万国报界俱乐部为其举行的欢迎宴会上慷慨陈词：“若有别一国要承袭德人在山东侵略主义的遗产，就为世界第二次大战之媒，这个便是平和之敌。”梁启超的民间外交，让会场内外的中国人都感到很振奋，以为和谈胜利的曙光就在眼前了。

事实上，自威尔逊提出14条建议，英国首相劳合·乔治也公开表达同样的观点，梁启超就对所谓的“世界公理”开始了期待。威尔逊的承诺，巴黎各界的支持，更让梁启超做起了“正义人道的好梦”。

然而，当日本代表在会谈中拿出和北洋政府签署的秘密协定时，英法两国站到了日本一边，就连承诺为中国收回山东主权积极奔走的美国总统威尔逊也在日本代表的一再威胁下，选择了妥协。

4月30日，英美法三国会议，议定了巴黎和约关于山东问题的

156、157、158条款，将原来德国在山东的权益全部让给日本。梁启超一直梦想着“公理战胜强权”的美梦也随之化成了泡影。

得知这一消息，梁启超连忙致电国民外交协会负责人汪大燮、林长民，建议警醒国民和政府，拒绝在和约上签字。林长民接到梁启超电报，立即写成《外交警报敬告国人》一文，刊载在5月2日的《晨报》上。同日，蔡元培将巴黎和会的最新消息告诉了北京大学的学生领袖许德珩、傅斯年、罗家伦、段锡朋等人。两天后，北京的大学生们便走上了街头，这便是震惊中外的五四运动。

然而，五四运动的群情激愤仍然无法阻止北洋军阀的卖国行径。北京政府于5月31日和6月9日两次密电巴黎同意陆征祥签字。林长民急忙密电梁启超，请他将政府准备签字的消息告知巴黎学生，并阻止签字。6月28日签字那天，巴黎留学生、华侨商人等包围了中国代表团寓所，警告中国代表，“如敢出门，当扑杀之”。陆征祥等不敢离开寓所半步，只好被迫向报界发表声明拒签和约。日本在巴黎和会的阴谋宣告破产。

当梁启超梦碎巴黎时，他绝不会想到，自己一手引发的五四运动已经远远超出了最初的愿望，由一场外交性质的政治运动迅速演变成了影响深远的思想解放运动。在这场运动中，李大钊、陈独秀等知识精英积极投身政治斗争，他们所宣扬的马克思主义也越来越成为年轻一代最热衷的救亡之道。

（《作家文摘》总第1954期）

蔡元培的暗杀救国生涯

·苌·

暗杀风潮

蔡元培曾说，自己自36岁开始革命，认为革命只有两途：一是暴动，一是暗杀。在革命生涯开始的这段时间，他选择的是暗杀。19世纪末20世纪初，戊戌变法的失败使得中国知识分子对温和改良失望，而庚子自立军起义、惠州起义的受挫又使得革命党对于大规模武装起义丧失信心。与此同时，在俄国发展得轰轰烈烈的民粹主义运动，令国人对民粹党的暗杀活动产生了浓厚兴趣，继而在国内引发宣传虚无党的高潮。一时之间，“怀炸弹，袖匕首，劫万乘之尊于五步之内”的暗杀成为时人眼中的革命捷径。舆论界对虚无党暗杀活动的介绍与宣传，使晚清社会兴起一股暗杀风潮。

1904年，留日中国学生组织东京军国民教育会暗杀团派杨笃生、何海樵、苏凤初等六人携新制炸药潜伏回国，奔赴北京刺杀慈禧。但因周历地形，无隙可乘，埋伏等待数月，始终不能得逞，至川资告罄，只好失意南下至沪上。蔡元培与东京军国民教育会早有渊源，上年夏，教育会派黄兴、陈天华等回国从事革命活动时，曾与蔡元培约定，明年长沙起义时，由蔡元培联络东南革命党、会党同时响应。因此，暗杀团铩羽而归后，便由蔡元培安顿在新闸路余庆里落脚。

蔡元培加入东京军国民教育会后，发展了钟宪鬯、王小徐、刘师培、章士钊、俞子夷等会员，东京暗杀团扩大为规模更大的上海暗杀团。上海暗杀团名为“爱国协社”，因上海方言中“协”“学”二字音同，即使在公开场合说漏了嘴也不至引人注目。公开领导者为蔡元培，实际则以原东京暗杀团领袖杨笃生为首。

精英暗杀团

暗杀团阵容强大，其中不乏技术高手。杨笃生、苏凤初、何海樵三人曾在横滨学习制作棉花火药。钟宪鬯精通化学，翻译过《定性分析》和《伊洪论》两种化学书籍，同时主持着当时上海唯一一家由国人自办的理化器材机构：科学仪器馆。当时爱国协社制造毒药、炸弹的仪器及药品，“皆钟先生自科学仪器馆携来”。王小徐曾与蔡元培一起创办《俄事警闻》，在物理学上有极高天赋。他后来赴英国学习电机工程，毕业后曾到德国西门子电机厂实习，发明“转动式交流直流变压器”，颇负时誉。俞子夷对化学有极大之兴趣，受蔡元培命炼制毒药。陶成章、龚成铨二人曾住在爱国女校研习日本催眠术，并在中国教育会办的通学所讲授催眠术。

1904 年 7 月，中国教育会召开第三次大会，蔡元培再次被推举为会长，并在7月重掌爱国学社、爱国女学。女学环境封闭，革命党行藏容易隐蔽，蔡元培得借职权之便，以女学为暗杀基地，秘密炼制毒药，研制炸弹。

蔡元培还亲自制定了爱国女校的校歌，歌词中说本校为“特殊新教育，旧法新俄吾先觉”，女学俨然是模仿俄国虚无党的暗杀机构，专门培养可用于暗杀事业的“有自信之青年妇女”。

重走教育救国路

1904年底，上海余庆里机关被破，革命党纷纷东亡日本，蔡元培则毅然选择了留在上海扩大暗杀团事业。然而，此时革命形势陷入低潮，虽然此后光复会在上海成立，但1905年9月23日徐锡麟创办大通学堂后，光复会的活动中心从上海爱国女学转移到绍兴，上海的革命形势更加低落。

此前暗杀团实施的三起暗杀案皆未能遂愿，固体毒药研发失败，几经挫折后研制出的硝化甘油等炸药又因缺乏弹壳而久久无法制成炸弹，最终贻误暗杀计划，得到珍稀的“进口”弹壳后造出来的第一批炸药竟又不炸……蔡元培曾自评：“一生难进易退”。

此外，1906年3月，光复会章太炎、陶成章等人因经费问题掀起第一次倒孙风潮。此事最终虽因黄兴对孙中山的坚决支持以及会中同人的调停解释而暂时平息，但光复会领导人与同盟会领导人之间的关系已经产生难以弥合的裂缝。

暗杀事业遇到如上种种障碍，一时之间，期望通过“劫万乘之尊于五步之内”，以代价小、见效快方式取得革命成功已然无望。蔡元培终于离开上海，还归故里，重新操持起三年前教育救国的旧业——三年一觉，如梦烟消。他在数年后与吴稚晖提起这件旧事时说，在上海的近三年时间里，因学术救国无可进行之可能，所以专注于暗杀救国，“其间颇有艰难秘密之历史”，但最后则以“途穷”而转回学术救国的道路。

（《作家文摘》总第1955期）

绕不开鲁迅的朱光潜

·方习文·

躺着中枪

朱光潜一辈子虽然走着自己不同寻常的学术道路，但他终究绕不开一个人，就是鲁迅。

鲁迅与朱光潜本没有什么直接交往，偏偏在晚年，“好斗”的鲁迅还是给了朱光潜一击，从而给文坛留下至今时被提及的一段聚讼公案。

1936年1月《海燕》月刊第一期发表了鲁迅《〈题未定〉草（之六）》和《〈题未定〉草（之七）》两篇文章。

鲁迅集中批评朱光潜的文字在《之七》。鲁迅文章的基本逻辑是：旗帜鲜明地摆明对于“摘句”的态度，称其“吹嘘附会”，很容易迷惑读者。他以朱光潜《说“曲终人不见，江上数峰青”》一文为例，指出其“有以割裂为美的小疵”。接着摘引了朱文的一段文字，对朱光潜推崇的“静穆”的意境进行驳斥。得出的结论是：“凡论文艺，虚悬了一个‘极境’，是要陷入‘绝境’的，在艺术，会迷惘于土花，在文学，则被拘迫而‘摘句’。但‘摘句’又大足以困人，所以朱先生就只能取钱起的两句，而踢开他的全篇，又用两句来概括作者的全人，又用这两句来打杀了屈原、阮籍、李白、杜甫等辈，以为‘都不免有些像金刚怒目、愤愤不平的样子’。其实是他们四位，都因为垫高朱先生的美学说，做了冤屈的牺牲的。”

20世纪30年代的鲁迅，一直在致力于反抗“文化压迫”。在鲁迅看来，这种“压迫”的环境是由严酷的政策、合谋的文人，以及“庸众”共同构成的。

在多条战线上作战的鲁迅更多地关注知识界的问题，就此他不仅写了大量笔锋犀利的杂文，晚年小说《故事新编》也不隐晦对于知识界的态度。很多人以为这是鲁迅代表的“左翼”与“京派”“海派”“现代派”等流派论争与冲突的体现，实际上鲁迅已经超越“圈子文化”在深入思考“知识分子”问题。如鲁迅所说“没有私仇，只有公敌”。他愈挫愈勇地面对知识界“直言”，朱光潜就这样“不幸”中枪。

按说，诗无达诂，见仁见智，文学论争本来是一件平常的事情。鲁迅的批评从表面看，就是认为朱光潜将“静穆”作为诗歌最高境界甚至是美学规律过于“主观”，而为了证明自己观点不惜脱离“全文全人”而偏颇附会则更是不负责任的做法。但是值得注意的是，仔细阅读鲁迅的文章，短小精炼的篇幅中，实则蕴涵着丰富的“文化审美信息”，其背后还牵涉文艺上的诸多“命题性”问题，已经远远超出两人探讨的具体学术问题，如钱起诗歌解读问题、陶渊明诗歌评价问题。其意义与价值则不可低估。

择善而行

对于鲁迅的批评，朱光潜是“沉默”的。他是否真的不以为怀，不以为然呢？

据金绍先在《文史杂志》撰写的回忆文章，得以侧面了解朱光潜对于鲁迅批评的态度。1941年金绍先面见朱光潜时，专就此事进行了访谈：“朱先生承认，那是他在以往所受的一次最尖锐的公开批评，朱先生说，‘鲁迅文章中的一些措词用语表明，他本人并没有把他的意见仅仅局限于文学批评的范围，况且对鲁迅先生的为人为文我很了解，为避免陷入一场真正的笔战，因此我决定沉默’。”

看来，朱光潜一方面知道鲁迅文笔的“旨外之意”，一方面也知道鲁迅还是少惹为妙，所以选择了避不接招。但是从学术上，他还是认真思考了鲁迅提出的问题，有不认同的，也有诚然接受的。

关于鲁迅先生所批评的“摘句”问题，朱先生坚持认为：“一首好的诗，不可能也不应该句句都好，它应该是一首有起伏有回旋有高潮的乐曲。戏剧、绘画也无不如此。”“古诗往往以名句的形式流传于众口，这并不等于割裂了诗的全篇，恰恰是在全篇的烘托下，才产生出名句，恰如一座金字塔，在尖顶之下是巨大底座，它是浑然一体的，但我们终不因它是浑然一体就不去区别其尖顶和底座，无论如何，金字塔的尖顶总会吸引大多数人的更多注意的。”

但是，朱先生有一点是作了自我批评的。他说：“陶渊明《读山海经》《咏荆轲》等诗，的确也有‘金刚怒目’之态，我说他浑身都是‘静穆’是不准确的。”

最值得注意的是，1948年中正书局出版《诗论》的增订版，似乎有点突兀、有点特别地增加了《陶渊明》三章。这部分研究内容自然不只是用心研究陶渊明的成果，也不只是以“个案”研究表达自己的诗学观、诗学研究方法，也是对鲁迅曾经批评的学术性回应。

朱光潜坚持认为，陶渊明是在“出世”与“入世”之间调谐得最好的一个。不能无视一个人性格的底色与倾向，更不能随意解读一个人性格构成因素。所以，他在文章中又略有所指地写道：“他（陶渊明）一方面消极地不合作，一方面寄怀荆轲、张良等‘遗烈’，所谓‘刑天舞干戚’，虽无补于事，而‘猛志固常在’。渊明的心迹不过如此，我们不必妄为捕风捉影之谈。”

反省蜕变

1949年以后的朱光潜不仅绕不开鲁迅，还要直接面对鲁迅曾经的批评。时隔20年，《文艺报》1956年6月第12期，朱光潜以“我的文艺思想的反动性”为题对他的文艺思想进行了全面而深刻的批判。首先，朱光潜就承认他阉割了诗人陶潜。朱光潜指出：“在悠久的中国文化优良传统里，我所特别爱好而且给我影响最深的书籍，不外《庄子》《陶渊明集》和《世说新语》这三部书以及和它们有些类似的书籍。这些书既然是许多人所喜闻乐见的古典，当然有它们的积极的因素；而它们之所以使我喜闻乐见的却不是它们的积极的因素，而是它们的消极的因素。比如说陶潜，我把《述酒》《咏荆轲》等诗所代表的陶潜完全阉割了，只爱他那闲逸冲淡的一面。这里所谓‘闲逸冲淡’的一面也只是据我的理解，而我的理解是经过歪曲得来的，就是把一点铺成全面，把全面中所有其他点都遮盖掉。”

朱光潜有意回避了“静穆”这样的字眼代之以“闲逸冲淡”。他自述思想的“消极”，因为这是立场问题；把“一点铺成全面，把全面中所有其他点都遮盖掉”，导致歪曲阉割，因为这是方法的问题。这种对自我的全面否定，很多人认为是出于朱光潜的“无奈”与“违心”。倘若撇开外部环境的作用，单从学术上看还是鲁迅批评留下的诸多“命题”在朱光潜这里曾经并没有直接深刻地面对。诸如“点”与“面”的问题、现象与本质的问题、学术建构与价值导向问题，在他的学术思想中并没有通彻澄明，尘埃落定。所以他的反省是诚实与真实的。

朱光潜的晚年是一个“美学热”的时代，是一个文艺思想与思潮甚嚣尘上的时代。他一以贯之以“出世的精神”埋首做着“入世的事业”，心无旁骛，潜心务实治学，但是他的思想境界已经超越了鲁迅的批评和曾经的自己，进入到真正蜕变超越的高度。

（《作家文摘》总第1974期）

钱锺书离开西南联大的“难言之隐”

·刘宜庆·

钱锺书1937年从牛津毕业后，又去法国巴黎大学做研究，本想攻读博士学位，但后来放弃了。1938年，钱锺书将要回国时，不少大学想聘他，最后，还是他的母校清华大学占了上风，当时竭力促成钱锺书回清华任教的是西南联大文学院院长冯友兰。请钱锺书来西南联大教书的除了冯友兰，还有钱锺书的老师吴宓。

西南联大聘请钱锺书为教授，在外文系执教，是破格聘请的。其时，钱锺书刚过28岁。1938年10月下旬，钱锺书抵达昆明，他为联大外文系学生开了三门课：大一英文、文艺复兴时期的文学、现代小说。

文艺复兴时期的文学和现代小说是为高年级的学生开设的选修课。据王佐良的回忆，钱锺书第一天上课时，叶公超亲自至教室介绍钱锺书，说钱是他的学生，得意之状，喜形于色。吴宓借阅了李赋宁记录的这两门课程的笔记，对钱锺书授课非常佩服。由此可见，联大的教授都是爱才的。

钱锺书住文化巷11号，此时，杨绛在上海，夫妻两人异地分居，钱锺书自然想念妻子和女儿。联大在文化巷的宿舍很小，钱锺书说“屋小如舟”，他为栖身之所取了名为“冷屋”，写了一系列嬉笑怒骂的妙文，辑为“冷屋随笔”。

1939年暑假，钱锺书去上海探亲，再也没有回联大。这是钱锺书人生中的一个重要转折点，钱锺书为何舍弃了联大，选择去湖南蓝田师院执教？当时他父亲钱基博已在湖南蓝田国立师范学院任教，想让钱锺书也往蓝田师范，一面任教，一面照顾自己。杨绛晚年撰文回忆说：“锺书的母亲、弟弟、妹妹，连同叔父，都认为这是天大好事。”主要是不忍拂逆父亲意愿，钱锺书写信给联大外文系主任叶公超，说他因老父多病，需他陪侍，这学年不能到校上课了。杨绛说：“锺书没有给梅校长写信辞职，因为私心希望下一年暑假陪他父亲回上海后重返清华。”

叶公超没有回信答复，想来他将此事向梅贻琦汇报。所以才有了梅贻琦两次电报挽留。叶公超为何没有回信答复，这是个谜团。两人是否有矛盾不敢贸然下结论，但两人之间貌不合、神已离，这是事实。据学者李洪岩考证，《围城》中诗人曹元朗的原型是叶公超。所以，当若干年后有人向叶公超问起钱锺书在联大的情况时，叶公超竟回答说他不记得钱锺书曾在那里教过书。

叶公超和钱锺书这曾经的师生因何不甚和谐。吴学昭的《听杨绛谈往事》披露：联大外文系里收购钱锺书从国外带回的西书，没有依价偿付书款。这事情和外文系主任叶公超有关。《吴宓诗集》中收录了钱锺书致吴宓的一首诗，让我们隐约看到事情的原委：“清缮所开目，价格略可稽。应开二百镑，有羡而无亏；尚余四十许，待师补缺遗。塍书上叶先（叶公超），重言申明之。珏良（周珏良）所目睹，皎皎不可欺。朝来与叶晤，复将此点提；则云已自补，无复有余资。”这件小事可能影响到两人的关系。

钱锺书暑假没有收到叶公超的回复，杨绛回忆，在这样的情形下，“十月十日或十一日，锺书在无可奈何的心情下，和蓝田师院聘请的其他同事结伴离开上海，同往湖南蓝田”。谁知，钱锺书刚走一两天，杨绛就收到沈茀斋（沈履，杨绛的堂姐夫）来电，好像是责问的口气，怪钱锺书不回复梅校长的电报。不知哪个环节出了问题，钱锺书和杨绛夫妇没有收到梅贻琦的第一封电报。

杨绛撰文指出，钱锺书的难言之隐、不堪为外人道的隐情，说白了，只是迫于父命，“而锺书始终没肯这么说。做儿子的，不愿把责任推给父亲，而且他自己确也是毅然入湘”。虽然钱锺书是在没有收到梅贻琦电报的情况下去了湖南蓝田，但在情理上，钱锺书也意识到，“不才此次之去滇，实为一有始无终之小人”（钱锺书致沈茀斋信）。

（《作家文摘》总第1978期）

叶企孙与清华理学院

·王　元·

施教清华荐贤无数

叶企孙原名叶鸿眷，号企孙，1898年7月16日生于上海，是七兄妹中最小的孩子。叶家是书香门第，家境比较富有。叶企孙三岁开蒙读书，六岁入私塾，1911年考入清华学堂，成为清华第一批学生。民国成立后，清华学堂改为清华学校，重新开课，仍用美国退还的庚子赔款办学，学生毕业后全部留学美国。

1918年夏，叶企孙毕业，前往美国芝加哥大学留学，插班进入物理系三年级。两年后，叶企孙从芝大毕业，转至哈佛大学，师从著名物理学家、后来的诺贝尔物理学奖得主布里奇曼教授，进行压力对铁磁物质磁导率的影响的研究，成为我国现代磁学研究第一人。1921年，叶企孙与导师合著论文《用射线方法重新测定普朗克常数》，其测定的h值被认为是当时最精确的h值，16年内无人再敢问津，叶企孙成为第一个在西方为国争光的中国学者。1922年，叶企孙的论文《流体精压对铁、钴、镍磁导率的影响》再次受到注目，成为欧美科学家争论的焦点。

1923年，叶企孙获博士学位，告别美国，取道欧洲，拜会各国物理学界同行，于1924年3月回国。

1926年清华物理系成立，叶企孙担任系主任，后清华理学院成立，他又兼任院长。物理系第一、二、三届总共只有七名学生，叶企孙一个人教授三个年级的所有课程。

1931年10月，梅贻琦出任清华大学校长，教授治校体制也得以巩固下来，开创了清华历史上的“黄金时代”。梅贻琦曾经担任叶企孙的物理老师，二人脾性相投，前后相交三十多年。梅贻琦离校公干，多由叶企孙代理校务。

叶企孙主持下的清华理学院拥有58个实验室和研究室，大量图书和仪器设备，在国内可谓首屈一指。到全面抗战爆发前，叶企孙已聘请了熊庆来、吴有训、萨本栋、周培源等一批有名的科学家到清华任教。吴有训刚到校时只是普通年轻教师，资历尚浅，叶企孙却把吴有训的工资定得比自己还高，后来又引荐吴有训接替物理系主任一职，再后来，又力主吴有训接替自己的理学院院长一职。多年后，在清华说起荐贤让能的君子之风，举的例子仍是叶企孙。

叶企孙作风民主，平易近人，但执教之严也是出名的，他给李政道打了83分，他允许这学生不听自己的课，“因为你看的参考书比我的更高明”，但是“你的实验做得不认真，要扣去15分”。

后来的电子学家冯秉铨毕业的时候，叶企孙对他们说：“我上课上得不好，对不住你们……但有一点对得住你们的就是，我请的教你们的先生个个都比我强……”

1931年春天，叶企孙看过华罗庚三篇论文后，便把这位初中学历的金坛县中学勤杂工请到清华，聘为算学系教员。华罗庚身有残疾，左手持拐才能行走，有人对此提出异议。叶企孙说："以我个人判断，不日之后，华罗庚会成为我国数学界闪亮的星辰。"几年后又送华罗庚到英国留学，终成世界一流的数学家。

抗战之前，清华物理系九届毕业生五十余人，就出了王竹溪、张宗隧、王淦昌、钱三强、钱伟长、周同庆、龚祖同、陆学善、葛庭隧、赵九章、翁文波、赫崇本、冯秉铨、周长宁、王遵明、于光远等一大批国际知名学者。解放后，中国科学院第一届数理化学部委员中，清华毕业生占二分之一多，其中大部分毕业于理学院。

弥留之际仍念叨：回清华

抗战期间，叶企孙负责主持西南联大校务，此时国民政府实施"种子计划"，叶企孙力荐李政道公费赴美留学，从此改变了李政道的一生命运。

1946年，清华迁回北平复课，叶企孙担任校务委员兼理学院院长。1948年底，解放军逼近清华园。这时美国一家基金会给叶企孙来信，给了他一笔研究科学史的补助金，可在哈佛大学或者麻省理工开展研究。在国民党迁台名单中，叶企孙也赫然在列。梅贻琦则希望叶企孙和他一同南下，利用海外保存的清华基金，在南方重建清华大学。叶企孙说，清华办学本来就置身于政局变迁之外，国民党的走与不走，与清华园无关，他"自信作孽无多，共产党也需要教书匠"。最后叶企孙没有上蒋介石派来的飞机，也没有去领基金会的补助金，留在了清华园。

1949年5月，叶企孙被任命为清华大学校务委员会主席，履行校长职责。组织上希望叶企孙利用自己的影响配合工作，然而他所坚持的学术独立、民主办学、教授治校的工作方法，与组织要求有一定距离。

1952年，全国开始调整高等学校院系，清华大学文、理、法三个学院并入北京大学，叶企孙也被调到北大物理系任教。叶企孙内心认为这是完全不懂教学规律的做法，但他已经学会了三缄其口。此后叶企孙在公开场合从不与人争辩，在会议上很少发言。他当选为第一、二、三届全国人大代表。大鸣大放时，他有先见之明，闭口不言，没有被划为右派。但他同情右派，在路上碰到右派师生也不避嫌，主动安慰他们。“浮夸风”盛行时，他每日看报旁边必放着纸和笔，对报纸公布的统计数字一再核对检验，不受欺骗。

三年困难时期，许多师生吃不饱，患上浮肿病，叶企孙经常叫青年师生到自己家去，拿出自己的特供牛奶和面包给他们吃喝。领了工资，叶企孙就带着年轻人去吃一顿西餐。护工老周的几个孩子，都是叶企孙一路培养，最后送进了大学。

1973年，叶企孙所患前列腺肥大症更加严重，肾脏随时可能坏死。侄子叶铭汉和侄孙叶荣都劝叶企孙住院治疗，但他决不同意，说：“你们以为还能再活五年呵！”“这是一不可逆过程，无需治疗。”

1977年1月12日，北大经济系教授陈岱孙与叶铭汉去探望叶企孙，发现老人已陷入昏迷，急送北医三院急诊，但为时已晚。叶企孙弥留之际，偶尔醒来，口中便喃喃道：回清华……13日21时30分，一代大师去世，享年79岁。

（《作家文摘》总第1968期）

傅斯年 钱穆 胡适：大师的斗嘴

钱穆虽无文凭但仍受胡适傅斯年推崇

钱穆与傅斯年几乎同龄，钱略长数月，但二人前半生道路殊异。

傅斯年北大毕业后，赴欧游学7年，虽未获文凭，却因是胡适弟子，又是当年北大学生领袖，名满学界，回国后便任中山大学教授，兼中国文学、历史两系主任，其时仅30岁。

钱穆因家境贫寒，只有中学文凭，到30多岁时，仍在苏州中学教书，但学问精深，誉满乡梓，时胡适应邀到苏州中学演讲，友人推荐说，务必要见钱穆一面。故胡适在登台演讲前，请钱穆台上就座，没想到钱穆正写《先秦诸子系年》，有两个问题搞不清，便现场请教胡适，胡适也答不上来，场面极为尴尬。钱穆后来自我检讨称，此行“事近刁难”。

1930年，钱穆35岁时完成了《刘向歆父子年谱》，轰动学界，被陈寅恪誉为“王静安（即王国维）后未见此等著作”。经顾颉刚介绍，破格入燕京大学任讲师，在顾引荐下，1931年春赴胡适寓所拜访，几个月后得到北大聘书，胡适还将自己所藏的古籍孤本借给钱穆看。胡适如此推重，傅斯年自然亦步亦趋，请钱穆到他主持的中研院史语所工作，每次接见外宾，傅斯年都特意安排钱穆坐在身边，并郑重介绍：这就是写出《刘向歆父子年谱》的钱穆。

对引路者也不客气的钱穆

胡适推重钱穆，是因为钱穆在《刘向歆父子年谱》中所采取的细密求证方法，与胡适的考据主张不谋而合。但胡适忽略了，钱穆个性强悍，暴得大名后，对引路者未必会客气。

对胡适和傅斯年，钱穆的确颇不服气。一方面，此时胡适已学而优则仕，更醉心于政坛，在学问上用功不够，在与钱穆的争论中，只能处于守势，找不到证据时，往往推到方法上，而钱穆对胡适、傅斯年从西方引进的研究方法并不熟悉，抱怨二人对中国传统史学的方法太忽略。另一方面，钱穆恋栈中国传统文化，认为胡适、傅斯年对其了解不够，便采取全盘否定的态度。

前一方面只是方法问题，可以沟通，但后一方面则比较致命，胡适、傅斯年靠反传统文化起家，这是他们影响力的基础，绝不能退让，而钱穆未有海外留学经历，只能反复强调自己熟悉的老办法，这样才能在学界开宗立派。

彼此矛盾先是以学术观点不同的名义显现出来，胡、傅总是能退就退，不愿激化矛盾，没想到钱穆步步为营，绝不妥协。

争论要靠真本事

北大刚开设“中国通史课”，傅斯年主张由 15 名教授分别讲授，但钱穆坚持应该由他一人从头讲到尾。傅斯年虽有不满，但还是同意了。钱穆讲课深受学生欢迎，胡适与钱穆开同样的课，学生都愿去听钱穆的课，钱穆在北大执教期间，在讲课竞争上从没输给过胡适。

“九一八”后，傅斯年报国心切，组织学者并亲自参与，撰写完成《东北史纲》，力证东北自古就是中华民族的一部分，以回击日方学者的谬论，没想到做得太仓促，在具体史料上出现了一些纰漏，钱穆带头讥笑。令傅斯年极为不快。

自此之后，两人私下常互相诋毁，钱穆说傅斯年是水泊梁山的山大王，傅斯年则骂钱穆根底肤浅，钱穆说傅斯年旧学功底差，傅斯年说钱穆不懂西学。

西学对阵国学

全面抗战爆发后，大学南渡，钱穆也跑到云南，在西南联大任教。此时傅斯年名义上是北大校长，但常驻重庆，学科的管理工作由清华校长梅贻琦负责。

在西南联大，西学占压倒优势，钱穆只能与陈寅恪、吴宓、蒙文通等少数坚持传统文化的教授来往，备感孤独。据吴宓说，西南联大一次办“中国文化讲谈会”，先发言的闻一多、雷海宗对传统文化狂贬一番，说“《四书》《五经》实极浅俚，不过初民之风俗与迷信”，令吴宓产生了深深的被排挤感。

但钱穆偏偏不服，1941年10月，他在媒体上发文称：“我国自辛亥革命前后，一辈浅薄躁进者流，误解革命真义，妄谓中国传统政治全无是处，盛夸西国政法……于是有‘打倒孔家店’‘废止汉字’‘全盘西化’诸口号，相随俱起。”这就连新文化运动也一并否定了。

钱穆成了高官们的贵宾，出入于国民党中央训练团讲堂，还应命撰写《清儒学案》，俨然“帝王师”。钱穆原本就被胡适帐下自由主义知识分子所鄙夷，如今又被左派视为眼中钉，钱穆当时自己说“凡联大左倾诸教授，几无不视余为公敌”。不久，钱穆只好从西南联大辞职。

到了台湾仍然“斗嘴”不休

抗战胜利后，各校北归，此时傅斯年主持北大校政，原属北大的教授都被召回，唯独没有给钱穆发聘书。

钱穆备感失落，晚年述及此事，认为这是一个“特例”。回不了北大，钱穆只好混迹于昆明五华书院、无锡江南大学等学校。

1949年后，国民党政权兵败台湾，钱穆突然开始高调指出国民党丢掉大陆的“思想责任”，锋芒直指胡适，并反复强调自己的“先见之明”。这或许是钱穆很长时间未能被选为“中研院”院士的原因，虽然有见证者称，胡适曾多次推举钱穆入选，但次次被他的“朋友们”否决，直到胡适去世6年后，钱穆才终于入选。

有趣的是，钱穆晚年对傅斯年批评不多，或许是傅斯年去世太早，没必要再打死老虎了。但对于胡适，钱穆却没那么客气，直到胡适去世20年后，即自己89岁时，还撰文说：

> 适之晚年在台湾出席夏威夷召开之世界哲学会议，会中请中、日、印三国学人各介绍其本国之哲学。日、印两

国出席人，皆分别介绍。独适之宣讲杜威哲学，于中国方面一字不提。

三位大师斗了半辈子，但丝毫没有影响他们的学术成就和人格魅力。

（《作家文摘》总第 1938 期）

郭沫若与高二适的兰亭论辩

· 毛天玗 ·

40 年以前，郭沫若发表了《由王谢墓志的出土论到兰亭序的真伪》（《文物》1965 年第 6 期，《光明日报》1965 年 6 月 10 日、11 日），从文章和书迹两个方面否定《兰亭序》是王羲之所作，惊世骇俗。

郭文既出，高二适居然在《光明日报》不加修改、《文物》影印发表的情况下，同样在这政治和考古的两大重镇，同时发表了对郭沫若的反驳意见。

于是，一场堪称世纪大论辩的学术争辩迅速形成。辩论双方主将一为郭沫若，当时居中国科学院院长之位，是中国学术界之泰斗；一为高二适，当时籍籍无名。

毛泽东一手推动兰亭论辩

高二适的文章本没有发表的可能，是章士钊让它上动“天闻”，才改变了命运。1965年7月18日，毛泽东给郭沫若写了一信："郭老：章行严先生一信，高二适先生一文均寄上，请研究酌处。我复章先生信，亦先寄你一阅。笔墨官司，有比无好。未知尊意如何？"

毛泽东信中提及的"我复章信"，主要是评论章所赠阅的《柳文指要》定稿，并对章要求发表高文的回复。毛泽东说："行严先生：……争论是应该有的，我当劝说郭老、康生、伯达诸同志赞成高二适一文公诸于世。"毛泽东的意见很快被执行了。当时康生不在北京，由《红旗》杂志总编辑陈伯达代管文化部的工作。陈伯达看到毛泽东给郭沫若的信后，就指示发表高二适的手迹。于是有了高文不同寻常的发表方式。

以毛泽东和郭沫若的私谊，高二适当然没得比，而且从毛泽东信中内容来看，毛泽东对高二适的观点并未完全赞同。毛泽东劝说郭沫若同意发表争论文章，无非是给章行严先生面子和毛泽东"争论是应该有的"雅量。但郭沫若是不开心的。

郭沫若对《光明日报》记者说："我只是否定《兰亭序》是王羲之写的，并不想什么书法革命，也不否定王羲之的地位，想不到文章一出，四面八方都骚动……我从来不写什么指正之类的客套文字，为了高二适，我只好'变节'了。"

康生为郭沫若掠阵

中共高级领导人中，康生是公认的书法家，他和郭沫若互称"郭老"和"康老"。毛泽东发表诗词，郭沫若为每首都写了赏析文章，注释里说：有些文章是经过康生看过的。纪红采访陈明远时，陈说："郭沫若知道毛泽东对康生十分器重，因此对康生也十分尊重。除了政治上的原因外，他们关系密切也缘于对文物有相同的爱好。兰亭论辩康生起了很大的作用，这是没有疑问的。”

高二适的手稿在《文物》影印发表，十分引人注目。章士钊猜测道：“郭老在讨论中充分显示了他的度量，把高二适的文章在《文物》上影印出版，看来也是郭老的主意吧，这种做法就很好。”郭沫若对《光明日报》记者说：“高二适的文稿，《光明日报》不加修改，《文物》影印发表，是‘示众’，可是读者未必了解，高二适他们也许以为太看重他们的书法哩。”心情其实很不好！康生回到北京后，对陈伯达的做法很不满意。陈伯达说：“今后不再管文化部的事情了。”康生然后亲自组织文章，支持郭沫若。

据上海博物馆副馆长汪正庆回忆：高二适的《驳议》一出，康生即授意组织写文章，支持郭老。北京虽然写了几篇，都不满意，特别是对赵万里的文章有意见，说他只写了巴掌大的文章。于是又派人来上海，请徐森玉写文章。此时的徐森玉为国务院古籍整理三人领导小组成员、上海博物馆馆长、古文物鉴定大权威。当时徐森玉、谢稚柳和汪正庆三人在一个办公室办公，三人讨论认为支持郭老容易，驳倒高二适难。最后由汪正庆为徐森玉代笔写了一篇绕圈子的文章，既支持郭老，又避开和高二适的辩论。汪正庆说：“写这种文章何其难也，才一夜白了少年头。”

1965 年 8 月 17 日，毛泽东在人民大会堂接见一次会议代表时，向康生问起兰亭“官司”。

当天康生给郭沫若写信通报说：“今天在接见部队干部时，主席问我：‘郭老的《兰亭序》官司怎么样了，能不能打赢？’看来主席对此问题颇有兴趣。我回答说：‘可以打赢。’当然这些头脑顽固的人要改变他们的宗教迷信是难的。”

振衣而起高“野儒”

高二适，江苏东台人，自幼生长于乡间，18岁时即做了教员，20年代，章士钊办《甲寅》，高是热心的投稿者，后担任过国民政府立法院秘书。解放后在上海做普通的教师，1958年因病退职。1963年经中央文史馆馆长章士钊推荐，被聘为江苏省文史馆馆员，本是贴补生活，不料在《兰亭》论战中，恰好有一个说得过去的身份。（1963年，章士钊见到高二适的一帧诗帖，“挥洒极工”，于是爱之重之，在香港《大公报》为之写诗，“郑重以出之”。当年又推荐高加入江苏文史馆。）

郭沫若根据其对南京出土的《王兴之夫妇墓志》《谢鲲墓志》等几方东晋早期墓志基本上是隶书体的考证，推论《兰亭序》的文章和墨迹均是王羲之的第七代孙智永所依托。本来，关于《兰亭序》的真伪问题，清代学者李文田和包世臣曾经提过，只是未引起更多的注意。由于郭沫若是著名历史学家、考古学家，又是书法界巨擘，地位显赫，因而他的“依托说”一提出，即引起了学术界的震动。高二适写了《〈兰亭序〉的真伪驳议》，对李文田、包世臣直至郭沫若以及康生等进行指名道姓的辩驳。他将文章寄给报刊，相关报刊均以退稿处理。高二适又将文章寄给章士钊，希望得到章士钊的支持和帮助。

章士钊居然不推辞，于7月16日写信给毛泽东举荐。7月23日，高文在《光明日报》发表；《文物》第7期，高文手迹影印发表。高二适大名遂轰动天下。

成名以后，高二适也发表过一些翻天下大案的见解。例如怀素

《自叙帖》，书法史早有定评，为狂草中的杰作。高二适却提出很不同的看法。对于相传是王献之真迹的《鸭头丸帖》，则认为“俗态可感”。高连续颠覆三大名帖，笔者的一位朋友转述其师复旦某教授言语说，高二适也是一个妄人。

1971年，章士钊的《柳文指要》发行，章寄赠高二适一套。高二适仔细阅读后，发现失误之处颇多，于是一一摘出，并加纠正，汇成《纠章二百则》一册。高的小女曾问父亲：“章先生是你的老师，你怎么能编这样一本小册子呢?”高一笑，借用一句西哲名言答道：“吾爱吾师，吾更爱真理。”正要寄给章先生的时候，噩耗传来，章已不幸在香港病逝。

《兰亭》就没有真的

高二适质疑郭沫若以后，郭沫若又写了《〈驳议〉的商讨》和《〈兰亭序〉与老庄思想》两文，正式接火这场论战。在短短半年时间里，报刊上发表论文数十篇，但是，随着“文革”风暴的来临，这场争论也只好休战了。1972年郭沫若在《文物》上发表《新疆出土的晋人写本〈三国志〉残卷》，旧话重提，再次坚持《兰亭序》帖必然是伪迹。高二适立刻写了一篇《〈兰亭序〉真伪再驳议》，可惜无人肯发表。直至1982年，《书法研究》杂志第一期发表了一组有关《兰亭》真伪的文章，第一篇就是高二适先生1972年写的那篇《〈兰亭序〉真伪再驳议》。当时高已经去世有年。

1998年12月13日下午，启功在北京师范大学寓所内接受纪红采访，谈及《兰亭序》论辩说：“国家文物局原先有一位老太太说：‘《兰亭》自古也没真的。’她这话说得最概括了。因为真的《兰亭》被唐太宗埋坟里了。所有的本子，就是拓本定武本、唐摹本都是假的。她的话最透彻。”启功说，总结起来，除了李世民见到的《兰亭》才肯定是真的，其余唐以后人所见都靠不住。

《兰亭》大论辩上动“天子”，下及黎民，莫不兴趣盎然地厕身其间，是典型而纯粹的中国式公共议论。笔者最赞许的，则是郭沫若的牢骚——“皇帝过过目，就不会是假?”

（《作家文摘》总第905期）

傅斯年、鲁迅、顾颉刚的冲突

·岳 南·

傅斯年到中山大学时，鲁迅正在该校任教务主任兼中文系主任。

鲁迅此前在北京经历了著名的“女师大风潮”，并与陈源（西滢）、徐志摩等现代评论派展开了一场混斗，夹在其间的胡适也被鲁迅视为敌人而遭到一番唾骂，对胡氏的弟子顾颉刚等都没有好感。而鲁迅在厦门大学时，顾颉刚也受时任文科主任兼国学研究院筹备主任林语堂之邀，辞别北大编辑员之职，阴差阳错地来到厦大任国学研究院研究教授兼国文系名誉讲师。短兵相接，鲁、顾二人矛盾加深，终于演化成势不两立的仇寇。

1927年1月18日，鲁迅为改变环境与其他一些政治原因，受邀到中山大学就职，出任中文系主任兼教务主任。上任后的鲁迅公开以五四运动时期的北大风气作为标准要求中大师生。在一次教务会议上，他主张让学生有研究、活动和组织的自由，并特地举出北京大学的事例作为榜样，以让中大师生学习效仿。

但此时的中大不是北大，戴季陶、朱家骅等人，已经成了国民党的要人、官场上的重量级人物，自然不吃鲁迅那一套，朱家骅反击道："这里是'党校'，凡在这里做事的人，都应服从党的决定。"自此，双方围绕政治是非问题或明或暗地较起劲来。

此时的傅斯年与鲁迅虽无师生之情、朋友之谊，但傅在北大办《新潮》时，曾得到过鲁迅的支持，并有过书信往来。傅把双方通信在《新潮》刊出，借此抬高《新潮》的身价与威望。正是为了这段旧故，鲁、傅之间开始时尚能和平共处，但随着顾颉刚的到来，二人的矛盾终于引爆。

傅斯年来中大后，顾氏在厦门大学任教，傅念及同窗之谊，又急于招揽人才，便请顾颉刚来中大任教，其主要任务是"办中国东方语言历史科学研究所，并谓鲁迅在彼为文科进行之障碍"。意在架空鲁迅，扫除障碍。尽管此时的鲁迅对中大校务已成为"一个大傀儡"（鲁迅自喻），但毕竟还是名义上的教务主任，必须与之打个招呼才算不失体统。按傅斯年的观点，本来打招呼已算是相当的抬举了，想不到鲁迅一听让顾颉刚来中大，顿时火冒三丈，疾言厉色地道："鼻来，我就走！"（"鼻"即顾，因顾鼻头微红，鲁蔑称之）此举令傅斯年深为尴尬与不快。

1911年，傅斯年与顾颉刚同时考入北京大学预科，共住北河沿译学馆旧址工字楼，二人开始相识。这一年傅17岁，顾20岁。1916年，二人均入北大本科，傅入国文门，顾入哲学门。次年秋，二人同住北大西斋丙字十二号宿舍。1917年9月，由美国哥伦比亚大学学成归来、年仅27岁的胡适受蔡元培之聘，出任北京大学哲学门教授，主讲西洋哲学史、英国文学、中国哲学史三门课程。作为放洋7年，又是世界级哲学大师杜威高足的胡适，讲授洋学问自是得心应手，但讲授中国学问却有些不同。按北大传统，中国哲学史这门课，皆由国学深厚的年长者加名教授担任。在胡适登台之前，此门课程由号称“两足书柜”的陈汉章主讲。据说陈氏在台上引经据典，夸夸其谈，大谈伏羲、黄帝、神农、尧、舜、禹等史影里的人物与故事，两年下来，才讲到商朝的“洪范”。胡适接课后，不管以前的课业，重新编写讲义。他在《中国哲学史大纲》（上卷）中，采用“截断众流”的方法，摒弃远古“一半神话，一半正史”的记载，在开篇“中国哲学的结胎时代”一章中，用《诗经》作时代的说明材料，抛开三皇五帝、夏、商，直接从西周行将覆灭的最后一个阶段，也就是周宣王之后讲起。如此一改，原来号称五千年历史的中华民族史迹，拦腰被截去了一半，令听讲者大为惊骇。自视甚高的学生们认为这是大逆不道的“胡说”，于是有几个激烈分子开始鼓动闹事，琢磨如何把这位“胡说”的年轻教授赶出北大校园。

正当学生中间的激烈分子即将集众闹事，向胡适反攻倒算的关键时刻，满怀同情又焦急不安的顾颉刚，猛地想起了在学生中颇有领袖威望的同舍好友傅斯年，希望他能出面拉胡老师一把。傅斯年开始以自己不是哲学系学生推脱，但顾颉刚却咬住不放，并说道：“你虽不是哲学系学生，又何妨去听一听呢?”傅终于接受了顾的建议，专门听了胡适的几堂课。因是有备而来，傅在课堂上曾几次以请教为名向胡发难，胡一一作答，傅斯年则步步紧逼，最后逼得胡适额头上的汗珠都滴了下来，但始终微笑以对。胡适毕竟不是等闲之辈，面对傅斯年与一班不怀好意者的围攻，一路过关斩将，突出重围，总算是渡过了难关。

就这样，傅斯年不仅做了胡适的保护人，自此之后，同顾颉刚一样，对胡氏的治学路数与学术思想由认可渐渐变为倾慕佩服。未过一年，傅不惜背叛要传他衣钵的指导老师黄侃，毅然决然地转向了胡适，投入到新文化阵营中来，与胡适等人一起与黄侃等传统派展开了决战。如顾颉刚所说："料想不到我竟把傅斯年引进了胡适的路子上去，后来竟办起《新潮》来，成为《新青年》的得力助手。"

北大毕业后，傅斯年留学欧洲，顾颉刚则留在了北大。几年后，由柏林归国并在中山大学得势的傅斯年，念及旧情，想拉同窗好友顾颉刚加入到自己的圈子，本属人之常情，想不到中间猛地杀出了一个重量级人物——鲁迅。

五四运动之后，胡适因提倡白话文暴得大名，为北大浙江派所深忌。而顾颉刚又唯胡适的马首是瞻，自此引起了鲁迅的不快。当然，若事情仅限于此，仍不能成为恨之入骨的仇寇。鲁迅之所以对顾颉刚表现出极度强烈的憎恶，除了其跟随胡适等"洋绅士"鞍前马后的效劳外，还有一个致命的情结就是著名的"盐谷一案"。当鲁迅、胡适、顾颉刚等人皆在北京时，有人揭露说鲁迅著的《中国小说史略》是"窃取日本学者盐谷温的《支那文学概论讲话》"，顾颉刚亦持此观点，并与北大西语系教授陈源谈及此事。原本就与浙江派对立，对鲁迅不感冒的陈氏，于是迅速写就揭发信一封，由同一阵营的徐志摩编辑发表于1926年1月30日《晨报副刊》。因而，疑心甚重又疾恶如仇的鲁迅看到陈源的公开信后，反应异常激烈，立即写了《不是信》的长文予以反驳。就在这场论战中，鲁迅对陈源、徐志摩，还有躲在背后撑腰的胡适（鲁迅这样认为）怀恨在心，同时与他认为的"阴谋家"顾颉刚也结下了不共戴天之仇。因顾颉刚的鼻头微红，鲁迅在书信中便以"鼻"相代称。面对鲁迅的态度，作为同样尊胡适为导师并深受胡适喜爱的傅斯年，在与罗家伦的通信中，曾说过这样一段话："通伯（即陈源）与两个周实有共同处。盖尖酸刻薄四字，通伯得其尖薄（轻薄尖利），大周二周得其酸刻，二人之酸可无待言。"信中的大周指鲁迅，二周指周作人，傅斯年明确表示了自己不再敬佩周氏兄弟并有些鄙视的意味。

因而，在劝说无效的情况下，傅斯年火气大发，索性将鲁迅晾在一边。同时，傅斯年说服朱家骅和顾孟余并得到支持，于1927年3月不顾鲁迅的强烈反对，硬是把顾颉刚请进了中山大学校园。鲁迅一看这情形，顿觉失了面子，同时深感自己在中山大学真的是大势已去，于是立即向校方提出辞职并移居白云楼以示要挟。傅斯年一看鲁迅果真以大腕的姿态摆起谱来，甚为恼怒。于是，傅斯年也“以其人之道”当场向朱家骅提出撂挑子甩手走人，中大的事从此不再过问。顾颉刚面对这般险恶的局势，自然不能不有所表示，同样宣布辞职走人。校方见事情纷乱，左右为难，索性来个和稀泥的办法，让学生开会自行选择。想不到学生们开会后认为三人一个都不能少。眼见和稀泥的策略落空，主持校务的朱家骅只好硬着头皮出面调停并表示“挽留”，同时想出调和的办法，委派顾颉刚到江浙一带为学校图书馆购置图书以示让步。鲁迅仍然不依不饶，声言鲁、顾决不两立，非此即彼，无半点调和的余地。在写给友人的信中，鲁迅愤愤地道：“我到此只三月，竟做了一个大傀儡……傅斯年我初见，先前竟想不到是这样的人，当红鼻到此时，我便走了；而傅大写其信给我，说他已有补救法，即使鼻赴京买书，不在校……现在他们还在挽留我，当然无效，我是不走回头路的。”

双方经过一番混战，鲁迅去意已决，于1927年4月21日辞职离校，携恋人许广平赴上海开始了公开同居生活。

鲁迅满含悲愤地走了，顾颉刚最终留了下来。

（《作家文摘》总第1170期）

在西南联大跑警报

·汪曾祺·

西南联大有一位历史系的教授——听说是雷海宗先生，他开的一门课因为讲授多年，已经背得很熟，上课前无需准备；下课了，讲到哪里算哪里，他自己也不记得。每回上课，他都要先问学生："我上次讲到哪里了？"然后就滔滔不绝地接着讲下去。班上有个女同学，笔记记得最详细，一句话不落，雷先生有一次问她："我上一课最后说的是什么？"这位女同学打开笔记来，看了看，说："你上次最后说：'现在已经有空袭警报，我们下课。'"

这个故事说明昆明警报之多。我刚到昆明的头二年，1939、1940年，三天两头有警报。有时每天都有，甚至一天有两次。昆明那时几乎说不上有空防力量，日本飞机想什么时候来就来。有时竟至在头一天广播：明天将有27架飞机来昆明轰炸。日本的空军指挥部还真言而有信，说来准来！

一有预行警报，市里的人就开始向郊外移动。大西门外，越过联大新校门前的公路，有一条由南向北的用浑圆的石块铺成的宽可五六尺的小路。这条路据说是驿道，一直可以通到滇西。有了预行警报，这条古驿道就热闹起来了。从不同方向来的人都涌向这里，形成了一条人河。

联大的学生见到预行警报，一般是不跑的，都要等听到空袭警报：汽笛声一短一长，才动身。新校舍北边围墙上有一个后门，出了门，过铁道（这条铁道不知起讫地点，从来也没见有火车通过），就是山野了。要走，完全来得及——所以雷先生才会说："现在已经有空袭警报。"只有预行警报，联大师生一般都是照常上课的。

跑警报大都没有准地点，漫山遍野。但人也有习惯性，跑惯了哪里，愿意上哪里。大多是找一个坟头，这样可以靠靠。

说是漫山遍野，但也有几个比较集中的"点"。古驿道的一侧，靠近语言研究所资料馆不远，有一片马尾松林，就是一个点。这地方除了离学校近，有一片碧绿的马尾松，树下一层厚厚的干了的松毛，很软和，空气好。马尾松挥发出很重的松脂气味，晒着从松枝间漏下的阳光，或仰面看松树上面蓝得要滴下来的天空，都极舒适外，是因为这里还可以买到各种零吃。昆明做小买卖的，有了警报，就把担子挑到郊外来了。五味俱全，什么都有。

另一集中点比较远，得沿古驿道走出四五里，驿道右侧较高的土山上有一横断的山沟（大概是哪一年地震造成的），沟深约3丈，沟口有2丈多宽，沟底也宽有六七尺。这是一个很好的天然防空沟，日本飞机若是投弹，只要不是直接命中，落在沟里，即便是在沟顶上爆炸，弹片也不易蹦进来。机枪扫射也不要紧，沟的两壁是死角。这道沟可以容数百人。有人常到这里，就利用闲空，在沟壁上修了一些私人专用的防空洞，大小不等，形式不一。这些防空洞不仅表面光洁，有的还用碎石子或碎瓷片嵌出图案，缀成对联。对联大都有新意。我至今记得两副，一副是：

人生几何

恋爱三角

一副是：

见机而作

入土为安

对联的嵌缀者的闲情逸致是很可叫人佩服的。前一副也许是有感而发，后一副却是纪实。

警报有三种。预行警报大概是表示日本飞机已经起飞。拉空袭警报大概是表示日本飞机进入云南省境了，但是进云南省不一定到昆明来。等到汽笛拉了紧急警报：连续短音，这才可以肯定是朝昆明来的。空袭警报到紧急警报之间，有时要间隔很长时间，所以到了这里的人都不忙下沟——沟里没有太阳，而且过早地像云冈石佛似的坐在洞里也很无聊——大都先在沟上看书、闲聊、打桥牌。很多人听到紧急警报还不动，因为紧急警报后日本飞机也不一定准来，常常是折飞到别处去了。要一直等到看见飞机的影子了，这才一骨碌站起来，下沟，进洞。联大的学生，以及住在昆明的人，对跑警报太有经验了，从来不仓皇失措。

上举的前一副对联或许是一种泛泛的感慨，但也是有现实意义的。跑警报是谈恋爱的机会。联大同学跑警报时，成双作对的很多。空袭警报一响，男的就在新校舍的路边等着，有时还提着一袋点心吃食，宝珠梨、花生米……他等的女同学来了，“嗨!”于是欣然并肩走出新校舍的后门。跑警报说不上是同生死，共患难，但隐隐约约有那么一点危险感，和看电影、遛翠湖时不同。这一点危险使两方的关系更加亲近了。女同学乐于有人伺候，男同学也正好殷勤照顾，表现一点骑士风度。从这点来说，跑警报是颇为罗曼蒂克的。有恋爱，就有三角，有失恋。跑警报的“对儿”并非总是固定的，有时一方被另一方“甩”了，两人“吹”了，“对儿”就要重新组合。写那副对联的，大概就是一位被“甩”的男同学。不过，也不一定。

警报时间有时很长，长达两三个小时，也很“腻歪”。紧急警报后，日本飞机轰炸已毕，人们就轻松下来。不一会儿，“解除警报”响了：汽笛拉长音，大家就起身拍拍尘土，络绎不绝地返回市里。也有时不等解除警报，很多人就往回走：天上起了乌云，要下雨了。一下雨，日本飞机不会来。在野地里被雨淋湿，可不是事！

跑警报，大都要带点值钱的东西在身边。最方便的是金子——金戒指。有一位哲学系的研究生曾经作了这样的逻辑推理：有人带金子，必有人会丢掉金子，有人丢金子，就会有人捡到金子，我是人，故我可以捡到金子。因此，跑警报时，特别是解除警报以后，他每次都很留心地巡视路面。他当真两次捡到过金戒指！逻辑推理有此妙用，大概是教逻辑学的金岳霖先生所未料到的。

联大同学也有不跑警报的，据我所知，就有两人。一个是女同学，姓罗，一有警报，她就洗头。别人都走了，锅炉房的热水没人用，她可以敞开来洗，要多少水有多少水！另一个是一位广东同学，姓郑。他爱吃莲子。一有警报，他就用一个大漱口缸到锅炉火口上去煮莲子。警报解除了，他的莲子也烂了。有一次日本飞机炸了联大，昆中北院、南院，都落了炸弹，这位老兄听着炸弹乒乒乓乓在不远的地方爆炸，依然在新校舍大图书馆旁的锅炉上神色不动地搅和他的冰糖莲子。

日本人派飞机来轰炸昆明，其实没有什么实际的军事意义，用意不过是吓唬吓唬昆明人，施加威胁，使人产生恐惧。他们不知道中国人的心理是有很大的弹性的，不那么容易被吓得魂不附体。我们这个民族，长期以来，生于忧患，已经很“皮实”了，对于任何猝然而来的灾难，都用一种“儒道互补”的精神对待之。这种“儒道互补”的真髓，即“不在乎”。这种“不在乎”精神，是永远征不服的。

（《作家文摘》总第1762期）

西南联大的“党义课”

·张 鸣·

清华、北大和南开三所大学，抗战时期都到了昆明，房舍紧张，地皮难觅，干脆三校合一，成立了西南联合大学，人称西南联大。今天去看联大的旧址，大抵是些废弃的庙宇和草房子，比今天任何一所最烂的学校都要差上一百倍。但是，这所大学却大大地有名，要论教学质量，今天还真没有哪所大学超过了它，从这所大学走出来的几位赫赫有名的诺贝尔奖的获得者说，他们到了美国，就学业而言，没有什么课再值得上了。

民国的北洋时期，政府不管大学。理论上国立大学的经费是政府拨的，校长也该政府派，但大学里有教授委员会或者评议会，大事教授说了算，学生也有很大的权力。如果师生对政府派的校长不满意，基本上派了也白派，反正没法履任。清华大学在梅贻琦之前，接连被倒掉了四任校长。轮到梅贻琦，没人倒了，梅自我调侃说，那是因为没有人乐意倒霉。

北洋政府当家人是军人，很粗疏，管不了就不管。但国民党当家之后，情况有点不一样了。国民党的老大蒋介石也是军人，但自我感觉确是读书人。对于大学的放任自流，很是不满意。尤其对“五四”新文化运动之后，大学里自由主义盛行，特别愤慨。在他看来，青年学生中随随便便的自由主义，就是大学里的老师教出来的。为了矫正这一错误，他三令五申，要求教育部整饬大学。整饬的内容之一，就是设置政治课。

政治课的名称叫三民主义，原本叫党义课来的，抗战前就有，但各大学给它上了个乱七八糟，形同虚设。联大的原来三校，根本就没开。当初没开，现在必须得开。教育部规定，三民主义课得修一年，学分四个，不及格不能毕业。负责这门课的是有国民党籍的陈雪屏教授，他为了不让学生产生反感，把这课，变成了专家系列讲座，即便如此，也依旧没有人听。负责教授也只好睁眼闭眼，不再较真。到了需要结业之时，让学生交份读书报告，就算了账，所谓读书报告，就是从《三民主义》小册子里抄几句话。这门延续一年的课，是这样的扯淡，以至于很多联大校友，在回忆往事的时候，根本忘记了还有过这么一回事。你看汪曾祺、何兆武等人的回忆，都没有提及他们还有政治课。

从1942年开始，应蒋介石的特别要求，各个大学又增开了一门伦理道德课，以期增益学生的道德水平。听话的冯友兰教授，亲自教授这门两学分的课，但即便如此，学生新鲜几次过后，依旧翘课如潮，不久，冯友兰教授发现，即使修养如他那样的好，作为新理学的大师，也没法面对空空的椅子再讲下去。于是，这门课也就无疾而终了。

除了政治课以外，当年的大学，还有一个统一的政治仪式，叫作“总理纪念周”，每周搞一次，由领导带领，背诵总理遗嘱（孙中山遗嘱）。这样的纪念周，当年的党政机关都在搞，但渗透到大学，还是托了抗战的福。联大的学生，当然对这种政治仪式不可能感冒，没办法，联大的负责人就把仪式安排到中午 11 点半，这个时候，正好是学生午餐时间。于是，每逢过纪念周，就是训导长出来，站在操场上，自己背诵一通总理遗嘱，就算了事。纪念周，变成了训导长一个人的独角戏。

这样的糊弄，教育部当然不满意。教育部长陈立夫亲自出马，到联大演讲，试图说服学生。校领导知道情况不妙，事先封闭校门，把学生圈起来听部长大人训话，没想到训到半截，学生们像约好了一样，拼命呼喊抗战口号，把个陈部长喊得七荤八素，脑袋大了几圈，实在讲不下去，只好识趣收兵。

国民党政府实在是无能，想要政治灌输，却连个形式都弄不明白。明知道联大的校方应付他们，却也不能撤了联大的校长，更不敢处置学生和教授。无怪后人讥之曰：独裁无胆，专制无能。

（《作家文摘》总第 1763 期）

图书在版编目（CIP）数据

大师风骨 / 《作家文摘》编. -- 北京 : 作家出版社，2018. 8（2019. 1重印）

（《作家文摘》25周年珍藏本）

ISBN 978-7-5212-0074-4

Ⅰ. ①大… Ⅱ. ①作… Ⅲ. ①散文集 - 中国 - 当代 Ⅳ. ①I267

中国版本图书馆CIP数据核字（2018）第128774号

因时间仓促、发表时间久远等原因，本书仍有部分作品的作者未能取得联系。请作者及时与编者联系，支取为您预留的稿酬。

《作家文摘》 电话：010-65005411

大师风骨 / 《作家文摘》25周年珍藏本

编　　者：《作家文摘》

封面人物：鲁　迅　萧伯纳　蔡元培

责任编辑：杨兵兵

装帧设计：于文妍

出版发行：作家出版社有限公司

社　　址：北京农展馆南里10号　　邮　　编：100125

电话传真：86-10-65067186（发行中心及邮购部）

86-10-65004079（总编室）

E-mail:zuojia@zuojia.net.cn

http://www.zuojiachubanshe.com

印　　刷：三河市北燕印装有限公司

成品尺寸：170×240

字　　数：186千

印　　张：16

版　　次：2018年8月第1版

印　　次：2019年1月第2次印刷

ISBN 978-7-5212-0074-4

定　　价：38.00元